JEAN AMÉRY

Örtlichkeiten

Mit einem Nachwort von Manfred Franke

KLETT–COTTA

CIP-Kurztitelaufnahme der Deutschen Bibliothek

Améry, Jean:
Örtlichkeiten / Jean Améry.
Mit e. Nachw. von Manfred Franke. –
Stuttgart: Klett-Cotta, 1980.
ISBN 3-12-900171-9

Verlagsgemeinschaft Ernst Klett – J. G. Cotta'sche Buchhandlung
Nachfolger GmbH, Stuttgart

Satz: Alwin Maisch, Gerlingen
Druck: Zechner'sche Buchdruckerei, Speyer

INHALT

Bad Ischl — Wien
7

Köln — Antwerpen
28

Gurs — Brüssel
49

Zürich — London
70

Paris
91

Meine deutsche Szene
112

Nachwort von Manfred Franke
133

BAD ISCHL – WIEN

Es sieht heute dort traurig, fast schäbig aus. Der Bäder hat sich die demokratisierte Heilkunst bemächtigt: wo dazumal die Nobelhotels der dynastischen und pekuniären Aristokratie standen, tummelt sich das von den Krankenversicherungsanstalten betreute kleine Volk. Der Rheumatismus, die katarrhalischen Erkrankungen der Luftwege werden vermittels der altbewährten Sole- und Kohlensäurebehandlungen kuriert, und da die Methoden altbewährt sind, fragt keiner der kleinen Angestellten, Beamten und Arbeiter, wie wirksam sie tatsächlich sein mögen. Auf der die kalte, grüne Traun entlang führenden Esplanade, wo man fünfzig Jahre zuvor die Helene Thimig, den als »Meister« bezeichneten Komponisten Franz Lehár, seine Konkurrenten und Rivalen Oscar Straus, Emmerich Kalman, ja, dann und wann sogar Max Reinhardt überm Kaffee und irgendeiner viel zu kalorienreichen »Mehlspeise« sitzen sehen konnte, dort spazieren mit dem gemessenen Schritt derer, die handfeste Arbeit leisten, die Badegäste dieser Tage. Sie haben die verschnupften Mienen der kleinbürgerlich-proletarischen Solidität. Manchmal reden sie von den Schwämmen oder Walderdbeeren, die sie der Zerstreuung halber in den nahegelegenen Bergwäldern suchen; zumeist aber dreht sich das Gespräch um die Qualität der Küche des Heimes, in dem sie gerade untergebracht sind. Den Glanz von einst kennen sie nicht, und kennten sie ihn, sie würden ihn rechtens als Talmi gleich durchschauen.

Bad Ischl: das ist ein zur Stadtwürde gelangter Marktflekken, wo man sich im Kohlesäuredampf ein Gutes tut auf Staats-, das heißt: auf eigene kleine Kosten. Nicht mehr. Wer abenteuerlichere und glänzendere Urlaube sucht, der fliegt zumindest nach Tunis. Auch das ist erschwinglich. Bad Ischl nimmt man, wie man ein Wannenbad daheim nimmt oder ein beliebiges Medikament. War er jemals anders, dieser kleine Ort im oberösterreichischen Salzkammergut? Der Kaiser, der »alte« Kaiser, wie die Österreicher der Ersten Republik ihn noch nannten, jener wie aus Marzipan skulptierte Gutmütigkeits-Feldwebel, der 1848 auf den Thron gekommen, bis zum Jahre 1916 über die Völker der Monarchie zum eigenen Ennui hat herrschen müssen, der »alte Kaiser« hatte Bad Ischl sich zur Sommerresidenz erkoren, so daß noch heute Filmleute, die auf der retrograden Welle schwimmen, gewisse Szenen dort drehen: Sissy und Ludwig II. von Bayern, Kronprinz Rudolf knapp vor Mayerling, Ausbruch des Ersten Weltkriegs. Der Alte war spartanisch gewesen, und sein Sommersitz, die »Kaiservilla«, zu der jedermann Zutritt hat, war in der Tat nur eine Villa, will sagen: ein bescheidenes, in einem nicht unmäßig weitläufigen Park verborgenes Landhaus. Der Kaiser protzte und prahlte nicht wie sein Kollege drüben in Potsdam, der ihn ins Unglück riß. Sein einziges Vergnügen war die Jagd. In kniefreier Lederhose, mit Jagdflinte und Alpenstock, stieg er in die Berge und zeigte den Rehlein, wer der Herr ist. Im übrigen verblödete er still vor sich hin: man lese dies bei Karl Kraus nach und verlasse sich für einmal auf den boshaften kleinen Mann. Es geht die Rede, der Kaiser habe nach der Ermordung seiner Frau durch einen Anarchisten in Genf gesagt: »Mir bleibt doch nichts erspart.« Erspart blieb ihm immerhin der Zerfall seines Reiches, der Triumph der unterdrückten Völker der Monarchie, die schließlich eine andere, entschieden despotischere Herrschaftsform eintauschten, sehr gegen ihren Willen. Noch vor zwei Jahrzehnten konnte man in Ungarn, der Tschechoslowakei, in gewissen Gebieten Polens, Rumäniens, Jugoslawiens uralte Leute antreffen, die höchst geschichtswidrig sagten: »Unterm alten Kaiser hatten wir es besser.«

Dem Marzipan-Kaiser waren alsbald nebst einigen Aristokraten die Juden nachgezogen. Er war der Landesherr, in seiner Nähe allein fühlte man sich sicher, mochte man gleich den Kommerzialrat, Medizinalrat, Kaiserlicher Rat, Hofrat oder sonst was Rätliches als Titel führen. Das Volk, namentlich im Zustande der Betrunkenheit, zeigte wenig Respekt vor krummnasigen Räten. Es ließ allemal so nebenhin ein gemurmeltes »Saujud« aus dem pfeifenbewehrten Maul fallen. (Es hatte ein ganz und gar falsches Bewußtsein, das wackere Volk, achtete wenig der Tatsache, daß sein sozialdemokratischer Führer den saujüdischen Namen Viktor Adler führte. Ach, teures Volk, die Juden hatten es damals mit dir so schwer wie heute mit den universitären Linksextremen!) Nur in Kaisers Schatten war man so halbwegs seiner Reputation gewiß, denn der Alte, blöd oder nicht, mochte nun einmal die Antisemiten nicht leiden, das war gewiß. Und so richtete man sich denn – Herr Rat dies und das – samt Familie für die Sommermonate in Kaisers Bad Ischl ein. Begüterte kauften Villen; wer bescheidenere Einkünfte hatte, mietete eine Sommerwohnung. Jedermann und jederjud sonnte sich im kaiserlichen Glanze, denn wirkliche Sonne gab es im Salzkammergut nicht viel. Es regnete damals wie heute oft wochenlang ohn' Unterlaß. Was tat's. Man fand seine Kaffeehäuser, wo die »Neue Freie Presse« auflag und stets Tarockpartner zur Stelle waren. Nicht unmöglich, daß in diesen Tagen einer jener selbstquälerischen jüdischen Witze geboren wurde, der heute noch die Gemüter erheitert: Warum gehen die Juden so gerne ins Café? Nun, dort ist man nicht daheim und doch nicht in der frischen Luft.

Der Kaiser ging 1916. Die Monarchie zerbrach 1918. Die Juden blieben in Ischl, als wollten sie den guten Geist kaiserlicher Toleranz beschwören, in Tagen, da schon ein finsterer Narr, den man närrischerweise nicht ernst nahm, in München putschte – ein Landsmann aus Braunau am Inn. Sie waren zugleich immer noch gut kaiserlich und schon gut republikanisch, denn alles kam darauf an, weiter geduldet zu werden. Das Reich war von der Weltszene abgetreten und hatte sich auf die Operettenbühne geflüchtet. Auf der Esplanade dirigierte, eingezwängt bis zur Atemlosigkeit in einen knappen Gehrock, ein feister Herr Konzertdirektor Potpourris aus dem »Walzertraum«, aus der »Lustigen Witwe«, dem »Rastelbinder«, oder der jüngsten Schöpfung austrojudäischer Operettenkunst, der »Gräfin Mariza«. Die Köpfe der folkloristisch verkleideten Zuhörer wiegten sich genüßlich zu den altvertrauten Walzerrhythmen. Aber da man mit der Zeit ging, entdeckte man zugleich auch schon den Fünf-Uhr-Tee, feiner »five-o'clock-tea« genannt, wo man zu anderem Takte tanzte. Man nannte das Jazzmusik. Du liebe Zeit! Keiner wußte was von Dixieland und New Orleans. Ein unglücklicher Trompeter hatte das Saxophonspielen so halb und halb erlernt, blies, wie Pablo aus dem »Steppenwolf«, durch das geschwungene Rohr musikalisch unsäglich dumme Melodien, zu denen ein heruntergekommener Tenor noch unsäglichere Texte sang. »Jede Gnädige, jede Ledige trägt den Bubikopf so gern«; »Ausgerechnet Bananen«; »Hallo, du süße Klingelfee« – welch letztgenanntes Werk sich obszön auf die Telephonistinnen bezog. Was aber den »Bubikopf« angeht, so ließen die jüngeren Ratsgattinnen sich's nicht verdrießen: sie opferten ihre Haare auf dem Altar der Zeit. Sie trugen Röcke, die knapp die

Knie bedeckten und redeten bereits von Kalorien — wo doch noch gestern die schlanke Frau als unmögliche Bohnenstange gegolten hatte! Die Jüngsten tanzten Shimmy und Foxtrott. Der Kaiser blickte moros aus seinem Himmel herab. »Ich habe es nicht gewollt«, oder so ähnlich sagte er. Seine Freundin, die ausgediente Burgschauspielerin Katharina Schratt, zeigte sich nicht mehr. Und wer sie dennoch durch Zufall erblickte, der konnte bestätigen, sie sei der Mode der letzten Vorkriegsjahre treu geblieben. Abends ging man gelegentlich ins Kurtheater. Die Sommerbühne war geleitet von einem großen Strindberg-Schauspieler namens Joseph Jarno und seiner Frau Hansi Niese, einer populären Operettenkünstlerin, die aber auch in Anzengruber-Dramen sich zu bewähren wußte. Noch in den späten Zwanzigerjahren wurde aus diesem Kunstinstitut, das eines Schnitzler-Romans würdig gewesen wäre, ein Kino, Gott sei's geklagt, Tom Mix, der berühmteste Cowboy des Stummfilms, löste Jarno und die Niese ab. Buster Keaton triumphierte spielend über Strindberg. Die älteren Kurgäste waren ehrlich gekränkt. Es ist alles nicht mehr, was es war, sagten sie tiefsinnig. Wie sehr anders alles noch werden sollte, konnten sie nicht voraussehen. Und der Kaiser zog sich endgültig in die regenschweren Wolken zurück.

Winters war Bad Ischl eine andere Welt. Mit dem Ende der Kursaison verwandelte sich der Marktflecken urplötzlich und vollkommen. Der Kurort wurde zum Dorf. Die Villen hatten ihre Fensterläden geschlossen, die Kaffeehäuser waren verlassen. Kein Kurtheater und kein Fünf-Uhr-Tee gab Kunde von der Größe der einstigen Sommerresidenz des Kaisers. Mit harter Faust ergriff die einheimische Bevölkerung, und namentlich die bäuerliche, Besitz von Ischl, das nun mit einemmal sein »Bad« verlor. Man zog Gewinn aus der Sommersaison und lüpfte die grünen

Hüte, wenn der Kunde sich zeigte. Wohler aber war einem entschieden, wenn die fremden Gäste wieder fortgezogen waren. Die Wirtshäuser, die sich sommers schmuck zu Pensionen für die Wiener zurechtgemacht hatten, fanden ihr eigentliches Dasein: statt der Fünf-Uhr-Tees gab es bodenständige Tanzereien, die damals durchaus noch nicht touristischen Charakter hatten. Es ging derbfröhlich zu. Keiner fühlte sich gehalten, den Herrschaften aus der Hauptstadt als Staffage zu dienen. Ein jeder redete, trampelte, spuckte, wie Maul und Beine ihm gewachsen waren. Die Ländler, in denen sich Burschen und Mädchen zur Ziehharmonika-Musik drehten — das Wort Akkordeon war unbekannt —, wurden zur dionysischen Musik. Einer vor allen anderen entzückte an den Samstagabenden die Festesfrohen und wurde dröhnend und quiekend mitgesungen, während die Paare nicht ohne eingeborene Grazie hüpften und stampften: »Mit'n Kopf z'samm und mit'n Arsch z'samm«, das war der Liedestext, der rauschende Lustbarkeit war und Lust versprach. Die Wörter wurden kräftig gemimt. Es stießen die Hintern und die Schädel aneinander zu fremdenfreiem Gegröhl und Gejaul. In den späten Nachtstunden, wenn draußen nur noch dann und wann die Pferdeschlitten durch Eis und Schnee klingelten, konnte es in den von Rauchwolken qualmenden Stuben gefährlich werden. Haß und Eifersucht und Neid und tagesscheuer Groll ließen die Fußböden erbeben. Hatte nicht vielleicht dieser jenem ins Bier gespuckt? Es kam vor, daß die blanken Stilettmesser blitzten und die mächtigen Humpen als Wurf- und Schlagwaffe dienten. Man raufte sich aus. Irgendwer lag blutend am Boden und wurde von Kumpanen heimgebracht. Die Gendarmerie hielt sich, wenn irgend möglich, heraus aus solchen Händeln. Es ging zu wie bei Billinger oder Waggerl. Es war in Wahrheit nichts als der volkstümliche Spiegel einer mise-

rablen wirtschaftlichen Situation und einer Epoche des Umbruchs. Die Monarchie war tot. Tot war die patriarchalisch-agrarische Faustrecht-Welt. Mit'n Kopf z'samm, mit'n Arsch z'samm wurde zum Totentanz.
Wenn aber ein vielleicht zehnjähriger Knabe diesem Gespensterspiel beiwohnt, wird es ihn erregen bis zum Schwindel und Wahnsinn. Er wird seine Helden finden unter den besoffenen Raufbolden, seine Weibes-Archetypen unter den vollbusigen Mädchen, deren Hände rauh und deren Fingernägel dubios sind. Sie alle, Männlein und Weiblein der bierdunstigen Ländlernächte, sind unendlich viel anziehender als die Schule, in der es nach Kaserne, Urin und Kreide riecht und wo ein Herr Lehrer in mühseligem Hochdeutsch das abgekürzte Multiplizieren und die packende Geschichte von den Nebenflüssen des Inn lehrt. Der Knabe, den die Mutter zu anständiger Redeweise und guten Tischmanieren anhält, pfeift auf diese, jene und verachtet vor allem zutiefst die Sommer-Herrschaften, vor denen er in den Ferien wird katzbuckeln müssen. Er will auch nichts hören von dem Gymnasium im nahegelegenen Gmunden, wohin man ihn bald schikken wird, auf daß er amo amas amat erlerne. Er versucht sich seinerseits im bäuerlich-ritterlichen Zweikampf, mit Glück oder Unglück, je nachdem. Vom Bier, das weißschäumend aus dem frisch angeschlagenen Faß quillt, kostet er nicht, es schmeckt so bitter. Aber auf den Ländler versteht er sich schon, ist auch zum Entsetzen seiner spitznäsigen Klavierlehrerin, die ihm mit Czerny-Übungen lästig ist, bestens befähigt, ihn nach dem Gehör zu spielen. Du bist begabt, sagt die besorgte Dame, aber vielleicht zu begabt. Du wirst niemals üben; es fehlt dir an Disziplin. Aus dir wird nichts, sagt auch die Mutter – und ahnt nicht, wie sehr sie recht behalten soll. Dann und wann kommt der kaiserbärtige Großvater, ein ernster Herr mosaischer

Konfession und untadelig vaterländischer Gesinnung. Er ist irritiert durch den Dialekt des Enkels. Das darf nicht so weitergehen, sagt er mißbilligend, der Bub' verbauert hier; ich bin nicht einmal sicher, daß das Gymnasium ihn bessern wird. Er ist nicht böse, meint die Mutter begütigend. Und nicht ohne Stolz: Schließlich ist er Kriegerwaise, hat Anspruch auf Nachsicht. Und der Großpapa, strenger als einst der Kaiser es gewesen wäre: Er wird nicht davon leben können, daß sein Vater im Kriege fiel, man muß die Zügel straffer ziehen. Der Knabe ist schon weit dahin, den Kalvarienberg hinauf, wo er sich eine Höhle einrichten will. Und da großväterliche Strenge ihn mit einem nachhaltigen Widerwillen erfüllt hat gegen alles, was da die »A« weiß und helle ausspricht statt dunkel und vom »O« durchsetzt, nimmt er den ersten schlechten Sommergast-Jungen sich vor und zeigt ihm, wie man in Ischl sich schlägt. Der erhebt ein fürchterliches Geschrei, da er aus der Nase blutet. Der Knabe kommt sich vor wie ein Verbrecher, verkriecht sich in der Höhle und erwartet das jüngste, göttlich-großväterliche Gericht. Oh wunderliche Zeit, oh Zeitverbringen, oh Einsamkeit. Das wird er später kennenlernen, nach amo amas amat. Dann wird er auch erfahren, daß er keine Heimat hat. Das von der Mutter gepachtete Wirtshaus im Eglmoos-Viertel in Bad Ischl geht kaputt. Man übersiedelt. Die große Stadt wird ihn aufnehmen, einschlingen.

Das Wien der Zeit nach dem Ersten Weltkrieg war, soferne derlei kühne Behauptungen überhaupt statthaft sind, eine der Welthauptstädte des Geistes. Man stelle sich doch vor, daß in diesen Tagen in dieser Stadt, die oft mit einem Wasserkopf auf dem schmächtigen Körper eines winzigen Alpenlandes verglichen wurde, zugleich über ihrem Werke saßen: Arthur Schnitzler, Robert Musil, Arnold Schönberg, Alban Berg, Sigmund Freud, Alfred Adler, dazu die Männer der als »Wiener Kreis« in die Philosophie eingegangenen Geistesgemeinschaft: Moritz Schlick, Rudolf Carnap, Edgar Zilsel, Otto Neurath. In Wien schleuderte Karl Kraus allmonatlich seine schäumende Wut in die Zeit, dichtete ein aus dem expressionistischen Rausch erwachender Franz Werfel seine Romane, von denen der größte, »Barbara oder die Frömmigkeit«, vergessen ist und doch ein gutes Anrecht hätte, wieder gelesen zu werden. In Wien hatte immer noch Alma Mahler ihre Abenteuer, schrieb Egon Erwin Kisch seine rasenden Reportagen, entdeckte Wagner-Jauregg die Schocktherapie gegen Schizophrenie. Staatsoper und Burgtheater pflegten eine erkaltende Tradition. Der wahre Geist der Zeit war in armseligen Arbeitszimmern aufzustöbern und in den Cafés, der eigentlichen Heimat des Wieners. Die zwanziger Jahre waren »toll« nur im geistigen Raum: für »Gatsby« war kein Platz und kein Geld. In den dreißigern wurde man der Wirklichkeit besser gewahr. Die Erbschaft des Vielvölkerstaates der k. u. k.-Monarchie war schon verschleudert. Die Prachtbauten auf der Ringstraße wurden grau und rissig. In den Außenbezirken vollends herrschte das nackte Elend. Nur freilich: die Intellektuellen spielten weiter »geistiges« Leben, verspürten zwar die in Ziffern ausdrückbare Wirklichkeit des Nieder- und Untergangs, begriffen aber noch nicht, daß nun die tatsächlich letzten Tage der Menschheit zu den dissonant sich vermischenden Klängen der Straußwalzer, des Jazz, der Mahler-Symphonien über die Szene gingen. Das verschlissene Wort, nach welchem die Lage hoffnungslos war, aber nicht ernst, erhärtete sich wieder und wieder.

Nicht in allen Schichten der Bevölkerung, dies ist einzuräumen. Die Arbeiter, formiert in der austro-marxistischen, vom Geiste Viktor Adlers belebten und von Otto Bauer geführten Sozialdemokratischen Partei, verstanden besser als die Bürger, daß dieses Land am Vorabend seines letzten Gefechtes stand. Der Klassenkampf, von dem weder Karl Kraus, noch Werfel, noch Freud und Alfred Adler, noch auch die Neopositivisten des Wiener Kreises eine rechte Ahnung hatten, war in sein entscheidendes Stadium getreten. Schon 1927 kam es zum ersten Zusammenstoß zwischen den herrschenden Kräften, die Ruhe, Ordnung und ihren Profit zu sichern sich anschickten, und den Arbeitern, die nicht so sehr *haben* wollten, als vielmehr einfach *sein*. Am 15. Juli 1927 flammte nach einem gegen revolutionäre Arbeiter gefällten Klassenurteil der Justizpalast, worauf die Macht ihre Bürgerkriegsarmee zeitgemäß bewaffnete und patriotische Milizen formierte. Von diesem Augenblick an war der Volkskrieg latent. Hie Schutzbund – die militante Organisation der sozialdemokratischen Arbeiterschaft –, hie Heimwehr, die vom italienischen Faschismus inspirierte und von ihm bezahlte Privatarmee der Privatwirtschaft. Man wartete. In beiden Lagern befand man sich im Zustande der Bereitschaft. In den Volkshochschulen – Anstalten von durchaus akademischem Niveau, wo Universitätsprofessoren lasen – diskutierten erregte junge Leute, deren Hektik in der klassenkämpferischen Wirklichkeit ankerte und die in nichts vergleichbar waren den Luxusrevolutionären von heute, die theoretischen Probleme der sich schon zum letzten Absprung rüstenden politischen Kräfte des Landes. Worin alle sich einig waren, das bewies sich im Alltag: daß nämlich dieses Österreich, wie viel später ein titelgewandter Journalist gesagt hat, ein Staat war, den keiner wollte. Die Industriearbeiterschaft, ein Proletariat im ganz klassischen Verstande, pfiff auf die staatliche Existenz eines Landes, das ihr nur Elend bescherte. Die Bourgeoisie war teils von monarchistischer Nostalgie erfüllt, teils blickte sie gebannt hinüber nach Deutschland. Man war als Prolet Sozialist, glaubte halb und halb an die Sowjetunion, und als Bourgeois kaisertreu oder deutschnational. Und im Maße, wie jenseits der Passauer Grenze der finstere Narr erst wachsenden Zulauf fand und später unglaublicherweise an die Macht gelangte, wurden die monarchistischen Bürger nachdenklich-unsicher, während die deutschnationalen in stumpfem Ernst schon vom »Führer« redeten. Seltsam genug, daß all das kaum in die Cafés – Café Landtmann, Café Herrenhof, Café Museum – eindrang. Natürlich diskutierte man auch dort Österreichs prekäre Lage. Aber die Debatte wurde abstrakt im wirklichkeitsleeren Raum geführt. Wichtiger war diesen Leuten die treffende Formulierung, der eben erschienene neue Roman, die Theaterpremière. Man führte Ödön von Horváth auf und dachte sich nichts anderes dabei, als daß dies ein äußerst bühnenwirksames Stück sei. Man trieb Opernklatsch, als wäre die Frage der Rollenbesetzung in diesem Hause eine Staatsangelegenheit. Man redete sich heiß über Freuds neue Hypothese des Todestriebs – und sah den Sensenmann nicht, der braun-uniformiert an des Landes Toren stand. Die Weltwirtschaftskrise, ausgebrochen am »schwarzen Freitag« 1929 in den USA, wurde hingenommen mit einer Mischung aus Schicksalsergebenheit und blinder Revolte. Das akademische Proletariat war darauf gestellt, sich mit Gelegenheitsarbeiten sein Brot zu verdienen: Privatkundenbesuch mit Staubsaugern, Plattfußeinlagen, reich illustrierten Büchern wie »Die Frau als Hausarzt«, alles auf Raten, versteht sich. Die Nazis mit Doktortitel und ohne Stellung gaben alle Schuld an ihrem Ungemach den Juden. Diese muckten nicht auf, waren es zufrieden, solange der Türnachbar mit dem älplerisch klingenden Namen noch ihren Gruß erwiderte. Beide Volksgruppen waren entsetzt zwar, doch nicht erstaunt. Was hätte Leuten, die den Zusammenbruch des österreichischen Weltreichs miterlebt

hatten, noch als ganz und gar unmöglich erscheinen können? Die Welt war böse und feindlich; nur wer selber feindselig und boshaft war, konnte vielleicht überstehen.
Im Frühjahr 1934 liquidierte die Erste Österreichische Republik sich selber. Ein Faschistenlehrling namens Engelbert Dollfuß schaltete nach bestem reichsdeutschen Vorbild das Parlament aus. Der Ruhm des Landsmannes aus Braunau am Inn raubte ihm die Nachtruhe. Benito Mussolini, Protektor Österreichs, stand als blitzende Eminenz hinter ihm. Die Intellektuellen mit dem linken Herzen und dem schmäler und schmäler werdenden rechten Portefeuille waren nicht so ganz unzufrieden. Der Bürgerfriede schien gesichert. Dem deutschen Nationalsozialismus war ein heimatliches anti-aufklärerisches, aber immerhin nicht ganz und gar bestialisches Gegenstück vor die Nase und die Grenze gesetzt worden. Die »Bewegung« – denn in absoluter Ideenverlassenheit übernahm man, wenn nicht die Methoden, so doch jedenfalls das Vokabular der Braunen von drüben – wurde als »Vaterländische Front« aus der Taufe gehoben. Wer wäre da nicht vaterländisch gewesen? Ein Mann wie Karl Kraus fand, es sei alles in guter Ordnung – und hielt nach wie vor seine Lesungen: Offenbach, Nestroy, Shakespeare. Die unentwegten Anhänger waren allemal zur Stelle. Zur Stelle waren auch, wo es sich traf, die Premièrenbesucher und Romanleser. Werfels gutes, aber nicht weiter welterschütterndes Buch »Die vierzig Tage des Musa Dagh« erweckte mehr Interesse als der Faschistenlehrling. Dieser freilich bereitete methodisch seinen coup de maître vor. Es war ein tragischer Schicksalsirrtum, daß er schließlich unter Nazi-Mörderkugeln in seinem Bundeskanzleramt fiel: ein bißchen Schlamperei, Wurschtigkeit und, vielleicht, eingeborene österreichische Heurigen-Gemütlichkeit abgezogen, war er ein ebenso wackerer Faschist wie der Paranoiker aus Braunau.

Der Knabe, auf dessen Spuren wir in Bad Ischl waren, ist nun, 1934, ein junger Mann. Er wohnt nicht mehr in Waldeshöhlen, spielt nicht mehr Ländler am Piano, sondern amerikanische Hits, trägt keine Lodenjoppe, vielmehr gutgeschnittene, wenn auch recht verschlissene Anzüge, hat eine Freundin, die in nichts den vollbusigen Dirndl-Schönheiten gleicht. Man kann mit ihr im Bett die Mutzenbacher lesen, was mit den Dirndln unmöglich gewesen wäre, denn die Bauern sind zwar ordinär, nicht aber obszön, und daß es auf Obszönität ankommt, ahnt der junge Mann bereits, wiewohl er nichts weiß von seinen Pariser Zeitgenossen Georges Bataille, Pierre Klossowski. Er hat, um die Wahrheit zu sagen, überhaupt keine klare Vorstellung von der Wirklichkeit. Er ist nicht dumm, aber beschränkt. Wien ist für ihn nicht nur der Nabel der Welt, sondern die Welt schlechthin, die allenfalls noch weit draußen an der Peripherie ein Städtchen namens Berlin hat. Er glaubt allen Ernstes, daß Dichter wie Anton Wildgans und Karl Schönherr Phänomene von globaler Bedeutung seien. Es ist sein Stolz, daß er als Student die Erkenntnisse des neopositivistischen Wiener Kreises zu teilen imstande ist. Aber den Namen Alain hat er ebensowenig vernommen wie die Musik Aaron Coplands. Musil liest er beflissen, aber mühselig. Daß Joseph Roth gleich nach Thomas Mann einer der größten Prosaschreiber der deutschen Sprache in dieser Zeit ist, wird ihm klar, und er wird das später nicht verleugnen. Sein wirres, austrozentrisches Weltbild macht ihm wenig Sorgen. Die Leute nennen seine ersten Veröffentlichungen »begabt«; das genügt ihm. Daß das Reich drüben, das allein einem beginnenden Schriftsteller Trainings-Terrain sein kann, ihm verschlossen ist, vielleicht für immer, wird ihm erst langsam deutlich. Aber was verschlägt's! Austria erit in orbe ultimo. Mit der Geliebten und der Mutzenbacher und seinem Schreibtalent ist er bereit und willens, sein Jahrhundert in die Schranken zu fordern. Wenn freilich nur die Schuhe dichter wären, so daß das Schneewasser nicht eindränge. Schuhwerk ist überaus wichtig. für einen Menschen, der nicht immer genügend Geld hat, die Straßenbahn zu nehmen. Überdies verkehrt sie offensichtlich an diesem Morgen des 12. Februar 1934 nicht. Er wartet vergebens, fragt hier und dort nach der Ursache des Ausbleibens der rotweißen »Elektrischen«. Streik? Jawohl, Generalstreik, sagt ein Mann im geflickten Monteuranzug und fügt verächtlich hinzu: Das wissen Sie nicht? Nein, er weiß es tatsächlich nicht. Wohl hat er gelegentlich von politisch helleren Freunden vernommen, daß die Arbeiterschaft nicht gesonnen ist, den Verfassungsbruch der faschistischen Vaterländischen Front so einfach hinzunehmen. Zwar sei ihre gepanzerte Faust, der Republikanische Schutzbund, in die Illegalität gedrängt worden, doch sei die Organisation im wesentlichen nicht zerbrochen. Der Prolet habe Waffen: im entscheidenden Augenblick werde er sie zu gebrauchen wissen. – Der junge Mann wird unruhig. Es ist die transistorenlose Zeit, man muß sich umtun, um Nachrichten aufzufangen. Dennoch dringt die Wirklichkeit in wenigen Stunden noch in die geschlossene geistig-erotische Welt ein, in der man versponnen liegt. Es wird klar: Österreichs Arbeiter griffen im Moment der äußersten Demütigung, des wirtschaftlich unerträglich gewordenen Elends, der faschistischen Arroganz zur Selbsthilfe. Der Aufstand ist ausgebrochen. Jedoch, wer nicht zu den politisch radikal Orientierten gehört, muß die Revolte suchen. Das letzte Gefecht verbirgt sich. Die Straßenbahnen fahren nicht – noch nicht –, manche Geschäftsleute haben vorsichtig die Rollbalken herabgelassen. Das ist alles, was einer sieht, der durch Wiens Innere Stadt in den zweiten Gemeindebezirk wandert, wo die Freundin wartet. Immer wieder macht er sich an Leute heran, um Näheres zu erfahren. Man traut dem jungen Mann nicht. Die Proletarier erkennen in ihm das Bürgersöhnchen, das er, weiß Gott, schon seit 1916 nicht mehr ist; den Bürgern ist seine schäbige Eleganz verdächtig. Generalstreik. Nur das? Der Zufall führt endlich einen Freund heran, der mitten drin steckt in den politischen Konflikten; und mit ihm ist jählings sehr viel Realität da, Informationen, wie man heute sagen würde. Es wird gekämpft. In Wien, in Linz, in der Steiermark, in Niederösterreich. Das Volk hat sich erhoben. Aber nein doch: das Volk geht hier sichtlich seinen Geschäften nach, und diese sind nicht Revolution. Die Leute traben gedrückt zwischen den alten Bürgerhäusern der Jahrhundertwende wie alle Tage. Man kann sich einreden, daß sie eben nur »die Leute« sind und nicht das Volk. Dieses stehe, geführt von den Männern des sozialistischen Republikanischen Schutzbundes, im Roten Gürtel um Wien, verschanzt in den neuen Wohnbauten der Gemeinde, in Waffen. Kein Zweifel, daß noch am selbigen Tag der Aufstand übergreifen werde auf die ganze Stadt. Jetzt habe ein jeder das Seine zu leisten. Was das sei? Verschiedentliches. Dem jungen Mann wird plötzlich eine Aufgabe zuteil. Es befänden sich Pistolen und Munition an unsicheren Orten. Gefährlich sei es, aber keineswegs schwierig, sie zu befördern und in besseren Gewahrsam zu bringen. Niemand sagt nein zu solcher Aufforderung, mag auch sekundenlang Angst in der Magengrube verspürt werden. Chiffrierte Adressen werden notiert. Man macht sich auf den Weg und schleppt alsbald in einer großen Aktenmappe das unheimliche Zeug mit sich, immer wieder von neuem, denn es scheinen ziemlich viele Schußwaffen herumzuliegen, von denen keiner Gebrauch macht.

Derweilen verdichten sich Nachrichten, Gerüchte; Hoffnungen steigen auf, gleich Blasen aus dem Morast der

Resignation. Der Volksaufstand hat noch immer nicht die Innenbezirke der Stadt erfaßt, ja, es öffnen sich sogar da und dort wieder die kleinen Einzelläden, in denen man aufs Geschäft nicht verzichten will, schließlich sind gerade Krisentage gesteigertem Absatz günstig. Mit dem Abend wird der wäßrige Schnee noch schwärzer, als er tagsüber durch den Dreck war. Erschöpft nimmt der Waffenschmuggler Platz in einem Café, wo er auf Bekannte stößt. Es scheint nicht gut zu gehen. Militär, Polizei und vaterländische Heimwehren haben schon wichtige feste Plätze der Aufständischen erstürmt. Die Regierung hat auf den im Westen Wiens sich erhebenden Hügeln schwere Artillerie aufprotzen lassen. Der Volksaufstand ist unsichtbar. Nur das dumpfe Grollen der feindlichen Kanonen hört man. Die sozialistischen Führer, so wird erzählt, seien teils verhaftet, teils geflüchtet. Otto Bauer, der Kopf der austromarxistischen Partei, habe schon die tschechoslowakische Grenze überschritten. Nein, er stehe mitten im Kampf. Den General Körner, einstigen k. u. k.-Feldherrn und nachmaligen Präsidenten der Zweiten Republik, habe man festgenommen. Stimmt nicht: Körner führt das Kommando beim Kampf um den Karl-Marx-Hof. Das Ausland wird nicht dulden, daß ... Schon stünden tschechoslowakische Truppen kampfbereit. Die Engländer, die Franzosen. Mussolini hat das Massaker angezettelt, aber nun würde man ihm die Rechnung begleichen. Italiener: Katzlmacher. Doch nun müsse man das Lokal sperren, morgen werde man sehen.

Und am Morgen des 13. Februar fahren wieder die Straßenbahnen. Jedermann weiß, daß auf ein paar schon verlorenen Posten weitergekämpft wird; keiner macht sich noch Illusionen. Der Aufstand ist gescheitert. Es dauert noch ein paar Tage, bis die nun allemal vaterländischen Zeitungen schreiben, die letzten Nester seien ausgeräuchert und eine Anzahl von Rädelsführern gehenkt worden. Die Revolution ist tot, der Alltag der kleriko-faschistischen Diktatur beginnt. Verboten die alte, traditionsschwere Sozialdemokratische Partei Österreichs. Verboten die Zeitungen der Linken. Verboten jegliche Versammlung außerhalb der Vaterländischen Front. Verboten »subversive« Reden im Café, sogar im privaten Kreis. Dollfuß triumphiert. Für kurze Zeit nur, denn die Nazis, deren Organisationen gleichfalls zerschlagen sind, werden ihn im Sommer umbringen. Es ist ein Mißverständnis. Der österreichische Kleriko-Faschismus wird sich als gute Lehrzeit für den blutigeren nationalsozialistischen erweisen. Und Wien bleibt Wien. Es bleibt das Wirtschaftselend, die Arbeitslosigkeit. Es bleiben die Bürgerhäuser mit ihren Karyatiden. Es bleibt das »Bretteldorf« drunten an der Donau, wo die Allerärmsten sich angesiedelt haben. Es bleiben übrigens auch die Juden, ob sie nun mit Fellen handeln, ob sie Bücher schreiben, Musik komponieren. Ihr patriotischer Aberwitz ist grenzenlos. Nicht daß ihnen der Faschismus, wie ihn erst Dollfuß und danach der verhärtet-distinguierte Kurt von Schuschnigg verkörpern, sympathisch wäre. Im Gegenteil: sie trauern der Republik nach. Die meisten von ihnen waren ja sogar sozialdemokratische Wähler, und es schmerzt sie, daß es vorbei ist mit dem Roten Wien. Sie fühlen sich den Arbeitern, die da aufstanden und in ein paar Tagen in die Knie gezwungen wurden, verbunden, auch dann, wenn sie selber nie manuell gearbeitet haben. Waren die sozialistischen Arbeiter nicht die einzigen gewesen, die keinen Vorbehalt angemeldet hatten gegen die vollkommene Gleichberechtigung der jüdischen Mitbürger? Im geisterhaften Karussell drehen sich die Gespräche der Juden immer wieder um den einen Punkt: dieser sich christlich und deutsch nennende faschistische Ständestaat schweigt sie wenigstens tot, läßt sie in dumpfer Gleichgültigkeit gewähren, ist außerdem, wie sie sich einreden, ein Wall gegen die braune Flut von nebenan.

Die Stimmung in den Cafés ist gedrückt, denn täglich treffen Emigranten aus dem Reich ein, die Schaudergeschichten von KZ-Lagern erzählen, vom Boykott jüdischer Geschäfte, von dem, was man drüben die »Gleichschaltung« nennt. Man verbleibt am Orte in einer stumpfen Mischung von Furcht und Vertrauen. Wem vertraut man doch nicht alles! Den Kanzlern und Ministern, die unter ihren jägergrünen Kleidern schon braune Unterwäsche tragen. Dem Kardinal Innitzer. Und vor allem: dem Volke, eben den gestern noch in der sozialistischen Partei zusammengefaßten Arbeitern, die aber nun heimatlos sind und die in wachsender Zahl unmutig sagen: Schlechter könnte es auch unter Hitler nicht sein. Die Händler und Bücherschreiber kennen keine Arbeiter. Sie kannten immer nur Mythen. So richtet man sich ein im christlichen Ständestaat, auch noch nach dem Putschversuch der Nazis im Juli 1934, dem Engelbert Dollfuß zum Opfer fiel. Man schwört auf Mussolini, der damals an der Brennergrenze ein paar Divisionen zusammenzog. Bald wird der Duce, der kein Antisemit ist, der, im Gegenteil, sogar dem jüdischen Biographen Emil Ludwig die längsten Interviews gewährte, sich mit dem Führer der Deutschen versöhnen. Man nimmt auch dieses Signal nicht wahr: mit geschlossenen Augen handelt und schreibt es sich gut. Kein Geringerer als Karl Kraus gibt dem vaterländischen Mordgesindel seinen Segen. Kein anderer als der Dichter Franz Werfel sonnt sich im Gnadenglanze des neuen Kanzlers Schuschnigg, wie man allgemein munkelt. In der Berggasse im neunten Gemeindebezirk wohnt, ordiniert, forscht Sigmund Freud, will nichts hören von der Auswanderung, die ihm längst von Freunden empfohlen wurde.

Wie sollte da ein junger Mensch, herstammend aus der österreichischen Provinz Vorarlberg, aufgewachsen in Ischl und Gmunden, genährt von läppischem Brauchtum und verschworen einer mittelmäßigen heimatlichen Literatur, die heute längst vergessen ist, klüger sein? Er wartet mit den anderen. Vielleicht weiß er ein wenig mehr als sie, weil er den Dialekt der Arbeiter und Bauern spricht und weil gelegentlich sozialistische Desperados ihm vertraulich gesagt haben: Wir haben alle schon das illegale NS-Parteibuch in der Tasche. Gleichwohl, er kann und will nicht fort, teils weil es ihm an Geld fehlt, um eine Auslandsreise auch nur zu erwägen, teils weil er nicht will: im subjektiv echten und objektiv närrischen Gefühl, daß er hierher gehöre, nur hier seine Verse und Novellen zu schreiben imstande sei. An einem warmen Sommerabend wandert er mit einem Freund durch die Wälder des Raxgebiets, blickt über den Bergzug des Semmering, den Peter Altenberg unsterblich gemacht hat, legt sentimental den Arm um des Gefährten Schulter und sagt: Uns bringt keiner weg von hier. Dann fährt er mit seinem Fahrrad durch den südlichen Wienerwald, vorbei an den Ziegelteichen, den stillstehenden Fabriken, durch die schon nächtigenden Vorstädte ein nach Wien. Mich bringt niemand weg von hier, murmelt er im klingenden Geräusch des über elende Straßen rumpelnden Fahrrades sehr leise zu sich selber. Und spricht sich den Grillparzer-Vers zu: »Hast Du vom Kahlenberg / das Land Dir rings besehen / so wirst Du, was ich schrieb / und was ich bin, verstehen.« Es ist nicht gerade der Kahlenberg, wo er einfährt, sondern die ziemlich trostlose, industriell verschandelte »Spinnerin am Kreuz« genannte Höhe. Aber der Vers gilt. Gilt er? Oder ist er, von ihm gesprochen, Teil jenes vertrackten falschen Bewußtseins, das noch niemand zureichend definiert hat? Der junge Mensch, gekleidet in die übliche, teils sportliche, teils folkloristische Tracht, hält an einem Würstelstand, lehnt sein Fahrrad an die Bretterwand und verzehrt gierig die würzigen »Frankfurter«. Neben ihm steht ein leicht betrunkener, aber intelligent aussehender erwerbsloser Arbeiter. Man führt ein karges Gespräch. Plötzlich sagt der etwas torkelnde Mann: Mit uns ist's aus. Das Rote Wien ist hin. Österreich wird ihm nachfallen. Er redet überraschend schön und gewählt das Hochdeutsche. Ja, sagt er, finis Austriae. Wir hatten alle ein böses Geschick und unfähige, gemeine Politiker. Verzeihung: mein Name ist Dr. Nowak. Aber den Doktor habe ich in die Rumpelkammer geworfen. Ist das nicht schön, die armen kleinen Lichterlinien zu unseren Füßen. So dürfte es schon zu Schnitzlers Zeiten hier ausgesehen haben. Wir kamen nicht mit, die Zeit lief zu schnell für uns Österreicher. Mit uns ist's aus, sage ich Ihnen ... Und plötzlich singt er im breitesten Dialekt ein altes Lied: »Erst wenn's aus wird sein, mit aner Musi und an Wein ...« Dem jungen Mann wird unheimlich. Er bezahlt schnell und fährt weiter. Stadtbezirk Favoriten, Stadtbezirk Wieden. Dort hat er sein Zimmer und ständigen Ärger mit der Wirtin, wenn sein Mädchen kommt. Mit uns ist's aus, hat der andere gesagt. Er wußte nicht, daß es so recht eigentlich »aus« sein würde, bald, mit ihm, dem jungen Mann. Er findet heim, steigt die ausgetretenen Stiegen hinauf, tastet sich in sein Zimmer. Im rötlichen Licht der viel zu schwachen, leer in die Luft ragenden elektrischen Lampe, liest er in einem Buch, das nächste, das ihm zur Hand ist. Joseph Roth, Radetzkymarsch. »... Die ganze majestätische Macht des alten Reiches zog vor seinen Augen dahin ...« Er klappt das Buch zu, knipst das Licht aus, starrt in die Nacht. Das Kaiserreich mit seiner majestätischen Macht hat er immer nur aus den Erzählungen der Mutter gekannt. Was mit ihm in die Zeit ging, das war die Erste Republik, der Staat, den keiner wollte.

Finis Austriae, denkt er, der Doktor Nowak, der Lumpenakademiker hatte schon recht. Es ist ein gutes Lied: erst wenn's aus wird sein. Ist es schon aus? Sicher. Er weiß es. Und bleibt dennoch in Wien – bis man ihn jagen wird wie einen Hasen.

KÖLN—ANTWERPEN

Das Justizgebäude, ein wilhelminischer Sandsteinbau mit einschüchternd breiten Aufgangstreppen und kasernenhaften Korridoren, gelegen nächst einem Bauwerk, das sich »Vier-Scheiben-Haus« nennt und in dessen komfortablen Büros lauter vor Aktivität vibrierende Leute noch im Sitzen hasten — dieses Justizgebäude, das so gar nicht zu seinem Nachbarn passen will, muß schon damals existiert haben, als manche Leute guten Grund hatten, einen weiten Bogen darum zu schlagen. Die Obrigkeit, mit der man es heute dort zu tun hat, ist domestiziert, mehr: sie gibt sich höflich, zuvorkommend, wenn freilich sie auch in diesen Tagen noch jenes Nachdrucks im Fragen nicht entbehrt, ohne den sie wohl keine Obrigkeit wäre. Angenommen sei: es hat dort einer sich einzufinden wegen einer öffentlich getanen, politisch und allgemein menschlichen Äußerung, die der Behörde interpretationsbedürftig erscheint. — Er betritt getrost die wenig wirtliche Stätte und verläßt sie ohne sonderliche Unruhe. Da kann wohl nicht viel geschehen. Die Stadt Köln, bewegt und heiter, erotisch sogar und jedenfalls für den Zufallsreisenden keineswegs als ein Zentrum von Gewalt — krimineller, politischer, richterlicher — erkennbar, ist umgriffen von einer Ordnung, einer rechtssichernden Formalisierung des Verhaltens, die im nahegelegenen Bonn konzipiert und gehütet wird. Und ruhig fließet der Rhein. Es ist eine harmlose Stadt. Man ißt schlecht, wird aber höflich bedient. Man zeigt Filme der künstlerischen Untermittelklasse, dafür ist das Eintrittsgeld gering. Der Bahnhof ist hell und gastlich mit seinen zahlreichen Läden, der Dom ist schwarz und macht in seiner Wucht noch den hartnäckigsten Atheisten unsicher. Dem Gast, dessen Portefeuille nicht an Unterernährung leidet, wäre ein Hotel mit Sichtmöglichkeit auf den Dom zu empfehlen: dort ist er nahe der christlichen Gotik und der sandsteinernen Obrigkeit und dem WDR, wo es manch klugen Mann gibt. Gelüstet es ihn nach kultureller Stimulation, mag er die gleichfalls nahegelegenen Museen besuchen: Wallraf-Richartz-Museum, Römisch-Germanisches Museum. Dann mag er befriedigt und angeregt die Heimreise antreten, soferne er irgendwo daheim ist, richterlichen Sandstein und bedrohliche Gotik vergessen, im Zuge erst die Beine gemütlich vor sich hinstrecken, eine Zeitung entfalten und dann vielleicht den Buffetwagen aufsuchen.

Es kann aber auch sein, daß gewisse Erinnerungen jählings die freundliche und städtebaulich recht wohlgelungene Stadtkulisse erschüttern, ja sie vor seinen Augen zusammenfallen lassen, als wäre sie wirklich nur Bühnendekoration. Nun ist das Adjektivum »germanisch« im Namen eines Museums schon Gefahr. Das Justizgebäude, eben noch so rechtsstaatlich-indifferent, wird zum eigentlichen Stadtkern. Bellen nicht aus ihm Kommandorufe? Und ist nicht der Bahnhof, anderer Schicksalsort, wieder das Unding aus Turm und Türmchen, Kuppel und halber Rosette, eine Art von Grotte, von der aus die Höhlenwanderung anzutreten ist? Vorsicht. Sich nicht auffällig machen. Wenig sprechen, damit ein hierorts ungewohnter Akzent des Deutschen nicht hörbar werde und Verdacht erwecke. Schon steigt man abwärts in das Souterrain-Restaurant, wo eilige, schwitzende Kellner, nervöse Reisende, einander findende oder sich laut und markig verabschiedende Familienmitglieder anderes zu tun haben, als auf den Fremden zu achten. Kommt gut in Frankfurt an und grüßt Mama. Der Fremde von 1938, der ein Fremder 1975 sein wird, fragt sich, wie das wohl sein mag: abfahren, ankommen in Frankfurt, Mama grüßen – und alles ohne Angst. Er kann freilich nicht ewig und ganz gewiß nicht die Nacht über hier vor seinem Kaffee sitzen. Er muß die Höhle verlassen und es aufnehmen, irgendwie, mit dieser Stadt, die ihn niemals interessierte, an deren Geschichte er sich nur undeutlich aus dem Schulunterricht erinnert, von der ihm stets und in neurotischer Zwanghaftigkeit immer wieder der Heine-Vers einfällt: Zu Köllen in der Stadt / der Stadt, die viele Kapellen / Kapellen und Kirchen hat. Eine ist schon da, jetzt vor ihm: der Dom, 1248 begonnen, erst 1880 geweiht. Was für ein langsames Baugeschehen. Sankt-Stephan ist schöner sowieso – und das Ganze ist völlig gleichgültig, denn weder diese machtausstrahlende zweitürmige Kathedrale noch die andere, zierlichere, die es nur zu einem Turm brachte, dafür aber früher geweiht wurde, kann Unterschlupf gewähren. Wer in einer unbekannten Stadt eine Adresse sucht und keinen Stadtplan besitzt, der muß sich durchfragen. Brüsseler Straße, nomen est omen. Nr. 96. Das Haus wird 1975 immer noch stehen und ungläubige, verfremdete Fremdenaugen werden es anstarren: ein Mietshaus, vielleicht 1890 erbaut, die Namensschilder der Mieter lassen auf Gastarbeiter als Hausbewohner schließen. – 1938 weiß man nichts von Gastarbeitern, von Fremd- und Ostarbeitern wird man bald hören. Frage, Auskunft, in einem Dialekt, der aufs erste kaum verstanden wird, Muttersprache, Mutterlaute, höchst seltsam abgewandelt, verwandelt, und weder wonnesam noch traut. Die Straßenbahn ist zu nehmen. »Bahnen der Hansestadt Köln« nennt sich dieses Verkehrsmittel und verkündet es. Hansestadt? Ja so. Wird schon stimmen. Dem Fremden war stets, wenn von deutschen Hansestädten die Rede war, nur Hamburg,

Bremen, Lübeck eingefallen: letzteres am deutlichsten. Aber das ist eine andere Sache. Hier geht es niemanden an und keiner will es wissen, daß er dort Freunde hat, Schattenfreunde allerdings, die auch nicht Obdach gewähren, wiewohl doch soviel Platz wäre in dem stattlichen Buddenbrook-Haus. Hier geht es nur mit den Bahnen der Hansestadt Köln in die Brüsseler Straße, von der man eine Hausnummer kennt und einen Namen, der geschickt chiffriert in ein Inselbuch eingezeichnet wurde: Schmengler. Von dort soll es weitergehen, gleichviel wohin, es ist alles das Nämliche. Aber warum soll Schmengler helfen? Er trägt vielleicht einen eisgrauen Vollbart und sagt: Ich weiß von nichts, will von nichts wissen. Die Bahnen der Hansestadt Köln fahren gut, bequemer als die bekannten, rotweißen drunten im Südosten. Auch die Straßen sind offensichtlich sauberer als bei Sankt-Stephan: es scheint, daß es nicht stimmen kann mit dem Elend, von dem der Fremde vor Antritt seiner Lustreise gehört hat, es herrsche im Deutschland Adolf Hitlers. So angelangt denn bei Schmengler, die Klingel gedrückt. Wie wird es werden? Nicht ganz schlimm. Schmengler ist kein Eisenbart, vielmehr ein junges blondes Mädchen mit stark einheimisch gefärbter Redeweise. Man sieht ihr den tragischen Geburtsfehler nicht an. Sie macht die Sache auch freundlich-sachlich ab, bittet in ein bürgerliches Wohnzimmer, wo schon einige Gäste ganz besonderer Art schweigend sitzen. Ihr Zuspruch ist knapp, aber nicht ohne Wärme. Man hilft eben; es ist ganz gleichgültig, auf welche Weise der Fremde und seine Schicksalsgefährten in den Besitz der Schmengler-Adresse kamen. Nur leider: Unterkunft könne sie keine bieten, worauf im Ankömmling sich ein umfangreicher Zusammenbruch ereignet. Etwas vom müden Haupt fällt ihm ein, das man nirgendwo wird hinlegen können. Er denkt an die Bahnhofshalle als einzig mögliches

Obdach. Vielleicht wird er auch die ganze Nacht hindurch mit den Bahnen der Hansestadt Köln herumfahren. Am Rheinufer wäre man vielleicht auch so halbwegs sicher, aber man schreibt den 30. Dezember und es ist sehr kalt. Die fehlerhafte kleine Germania aber schreitet unverzüglich zur Tat. Es scheint Wirte wundermild zu geben, die keine polizeiliche Anmeldung verlangen, wenn man nur kurz am Orte verbleibt. Wer würde lange verweilen wollen? Es geht ja in großer Eile nach Weißnichtwohin: Holland, Belgien, Frankreich. Und auf weißnichtwelchen Wegen. Schon sitzt das Schmengerlein mit untergeschlagenen Beinen auf seinem Sofa und telefoniert, während draußen in der Küche eine andere gute Seele dem ungebetenen Gast belegte Brote bereitet. Am ersten Tag Gast, am zweiten Tag Last, am dritten Tag verhaßt, doch wird es zu keinen weiteren Tagen kommen. An mehreren vom guten Geiste ins Auge gefaßten Örtlichkeiten gibt es keinen Platz mehr. Schließlich kommt das freundliche Mirakel: Pension »X« in der Jacordenstraße.

Für den Spurengänger von 1975, der eben einer höflichen Rechtsstaatsbehörde Rede und Antwort stand, wird bald das X sich auflösen. Er fragt nach der Jacordenstraße und sie ist ganz nahe dem Bahnhof, besteht wunderlicherweise auch noch zu einem großen Teil aus den Häusern von damals. Auskunft wird in einem Hotel bei einem älteren Herrn erlangt. Verzeihen Sie, aber gibt es hier nicht irgendwo eine kleine Pension? Nicht mehr. Aber es gab sie. Pension Schmitz. Jetzt ist das Haus längst abgerissen, das Terrain gehört dem Rewe. Der Besucher starrt blöde auf ein größeres Geschäftsgebäude. Was geht ihn Rewe an? Aber an den Namen Schmitz erinnert er sich sehr wohl. Macht noch ein paar zwecklose Schritte, geht davon. Das gehört jetzt alles dem Rewe. Auch meine Stunden von 1938. Deutlich sieht er sich bei den Damen Schmitz spätabends eintreffen, nach dem schon telefonisch durch den Schmengler-Engel beschafften Zimmer fragen, dieses – ein sehr sauberes Mansardenzimmer – betreten und fühlt, wie er in vollen Kleidern mit Schuhen und Wintermantel auf ein Bett fällt. Morgen ist auch ein Tag, oder etwas ähnliches muß er gedacht haben, ehe er in Schlaf fiel.

Morgen ist auch ein Tag und siehe – er läßt sich im Lichte einer kalten, doch strahlenden Dezembersonne freundlich an. Es ist der letzte Tag des alten Jahres, niemand redet mehr von der »Kristallnacht«, die knapp sieben Wochen zuvor zu einem der finstersten Kapitel der deutschen Geschichte wurde. Die Leute, sichtlich wohlgenährt, auch wohlgekleidet, denn so etwas wie ein Wirtschaftswunder ist ja im Gange, sind morgens schon sylvesterlich gestimmt und haben freundliche Mienen. Der Fremde fühlt sich plötzlich, wenn auch nur für eine kurze Stunde, als Flaneur, tut so, als habe auch er nichts anderes im Sinne als eine fröhliche Neujahrsnacht, läßt sich tragen von einer feiertäglich abgelenkten und darum vielleicht toleranten Menge, an deren Aussprache des Deutschen er sich bald gewöhnt, soferne nicht gerade jenes Platt gesprochen wird, das er in seiner flämischen Variante bald kennenlernen soll. Das ist der Ring. Er ist nicht großartig und reichsstolz wie die Ringstraße daheim, aber voll von Geschäften, in denen, wer Geld hätte, sich besseres Schuhwerk, einen wärmeren Mantel, pelzgefütterte Handschuhe kaufen könnte. Die Frauen tragen fast knöchellange Kleider und Mäntel und jene Art von schief aufs Haupt gedrückten, weichen Herrenfilzhüten, die auf Jahre hinaus, bis zum Kriegsende, ihre Silhouetten kennzeichnen werden. Die Männer haben alle athletische Schultern, dank der Wattepolster, die man einnähte. Beide, Männer und Frauen, haben in ihrem Aussehen und Auftreten etwas entschieden Militärisches. Ist das der Third-Reich-Look?

Der Reisende meint, daß diese Mode so zu interpretieren sei – und wird erst viel später erfahren, daß es Madame Schiaparelli in Paris war, die sich der kleinen Untat schuldig gemacht hat, und keineswegs der Führer, denn dieser liebt ja Frauen nach Art der Bauern-Venus, kräftig gerundete Körper und wehende Dirndlröcke. Der Flaneur, der von der geschäftigen Ringstraße abgekommen ist, muß zugeben, daß dieses Köln eine hübsche Stadt ist. Die Hohe Straße, eng, bewegt, hat ein Air von Großstadt, ohne daß sie darum den anmutig provinziellen Charakter der gesamten Siedlung völlig zu verleugnen vermöchte. Wer dem Rheinufer zuwandert – in gefährdeten Schuhen, leider, und Kleidern, die von der langen Bahnfahrt müde wurden –, geht an gemütlichen Giebelhäusern vorbei und manchen Schenken, in die man gerne eintreten würde, hätte man nur eine halbwegs gefüllte Börse. Dem ist aber keineswegs so. Der Flaneur ist gar keiner. Er hat sich nur für eine kurze Stunde Urlaub genommen von seinem diesem Staate und wahrscheinlich auch dieser Stadt zuwideren Leben. Er will mit einemmal gar nichts mehr sehen. Hat es nun eilig, wieder mit den Bahnen der Hansestadt Köln nach der Brüsseler Straße zu fahren, woselbst die unermüdliche blonde, fehlerhafte Germania Schmengler sich gefälligst weiter mit seinem Geschick befassen möge. Das tut sie auch, sozusagen ohne Wimperzucken. Waren Sie schon in der Loge? fragt sie. Der Fremde denkt zunächst an eine Theaterloge, wie er sie auch schon lange nicht betreten hat. Er stammelt Unsinniges. Muß erfahren, daß es sich um etwas ganz anderes handelt, weder um die Loge eines Bühnenhauses, noch um eine Freimaurerloge, sondern – ja: um was eigentlich? Er hat es niemals herausbekommen, was es mit der Loge auf sich hatte, in die das Schmenglermädchen ihn einführte. Weiß auch nicht mehr, wo im Stadtbild sich diese befand. Sieht nur, Jahrzehnte danach, Klubräume, in denen vielzuviele, viel zu gedrückte und scheue Menschen sich drängen. Die Loge gehört zu den Geheimnissen seines Lebens. In der Erinnerung nimmt sie etwas von einem Stummfilm an, wiewohl natürlich dort unausgesetzt geredet oder besser: geflüstert wurde. Die kein Recht zum Leben hatten, dämpften ihre Stimmen, wie es sich gehört. Aber aus all dem Kehlenrascheln wurde für den Fremden schließlich eine Reihe von Handlungen, die er auszuführen, zu bestehen hatte. Soundsoviel ist zu bezahlen. Gut. Das hat man noch nicht, wird es aber auftreiben vermittels telefonischer Hilferufe, das Bahnhofspostamt ist die Nacht über geöffnet. Die Beamten müssen dort Sylvester feiern, arme Teufel, Allgewaltige aber, da es ihnen doch erlaubt ist, da zu sein. Tags darauf habe er in den späten, schon dunklen Stunden Züge zu nehmen. Erst nach Aachen, dann umsteigen in eine Lokalbahn nach Kalterherberg. Kalterherberg. Das klingt zum Frösteln. Das muß eine eisige Region sein. Wo es kalt ist, ist keine Herberg. – Ja, und einmal die Zollstation Kalterherberg passiert, sei man in Belgien; eine grundeinfache Sache. Gehen Sie mit Gott, sagt ein älterer Mann mit unruhigen Augen, als drohe ihm der Konkurs. Es droht ihm Schlimmeres. Der Fremde aber, der keineswegs mit Gott gehen will, sondern einfach so, allein, unauffällig wie nur irgend möglich, empfiehlt sich. Er verläßt die Loge und überblickt das Bühnenbild draußen. Das Drama hat keine rechte Dynamik. Er geht zu Fuß von der Brüsseler Straße in die Jacordenstraße, vorbei am Hauptportal des Domes, über einen Platz, wo Prachthotels mit Säulen oder neugotischen Türmen eine Dekoration bilden, die ihn nichts angeht. Ganz Köln geht ihn nichts an, er pfeift darauf, wenn auch nur innerlich, denn wer da richtige Pfiffe ertönen ließe, könnte gefährdende Aufmerksamkeit erregen. Er wird, so denkt er, diese Stadt nicht wiedersehen. Der Teufel hole sie samt ihrem Dom, ihren sonstigen Andachtsstätten, ihren Schenken und aufgetakelten Brücken-Hohenzollern, ihrem Rheinufer, ihrer großen Geschichte, ihren Erzbischöfen. Unterm Krummstab war gut wohnen; unterm Krummkreuz hat gewiß der Erzbischof sich eingerichtet. Nur weg von hier, nach der Herberg, der kalten.

Aber der Fremde wird lange danach beide wiedersehen: Köln und Kalterherberg. Köln zum erstenmal bei der Durchfahrt nach dem Kriege, wobei er freilich nichts anderes wird zu Gesicht bekommen als den halbzerstörten Bahnhof und zerlumpte Menschen, die sich an den Zug drängen, um zu betteln. Zigaretten, Schokolade, irgendwas Nahrhaftes oder Eintauschbares. Der Fremde von 1938 ist 1946 kein guter Mensch. Was er vielleicht besaß an Menschenfreundlichkeit, er hat es verausgabt. Chleb, Kamerad, Hunger, Chleb. Er hat Chleb gegeben. Aus dem Dunkel und den Trümmern 1946 ein Gesicht, elend, des Mitleidens wert. Zigaretten bitte, nur ein paar Zigaretten. Und der Reisende mit dem verhärteten Herzen zieht sich zurück in sein Abteil. Noch später wird er Köln oftmals sehen, in den Jahren 1966 bis 1975. Eine blühende Stadt mit glatten Schachtelhäusern, einem stattlichen Funkpalast und sogar der aus alten Tagen herübergeretteten sandsteinernen Wirkungsstätte rechtlicher und zweifellos rechtsstaatlicher Obrigkeit. Er wird sich dann auskennen in der Region um Bahnhof, Wallrafplatz, Hohe Straße. Ein Fremder freilich wird er bleiben. Und ein Fremder ist er sogar im Grenzort Kalterherberg, auf der Seite jenes Landes, in dem er mit buchenswerten Unterbrechungen seit rund 36 Jahren lebt. Es ist nicht viel zu sehen dort. Man kommt, von Eupen aus, mit dem Wagen angefahren, hat im Rücken La Haute Fagne oder das Hohe Venn. Die eigentümlich regelmäßigen Tannenforste, das Grün des Hochmoors, die Sanftheit von Steigung und Gefälle verleihen ein Gefühl der Beruhigung. Man reist gewissermaßen von Deutschland nach Deutschland, denn heute ist längst der Kanton Eupen in seiner Eigenständigkeit anerkannt, die Straßenaufschriften auch auf der belgischen Seite sind deutsch. Die Sprache des einst so bedrohlichen Nachbarn im Osten wurde zur dritten Landessprache Belgiens, neben dem Französischen und dem Niederländischen. Kalterherberg, nächst dem Städtchen Monschau, das auf Französisch so viel hübscher Montjoie heißt, unterscheidet sich nicht von den Siedlungen auf der belgischen Seite. Der Name ist irgendeiner, wie »Winterspelt«, das auch nicht ferne ist. Sollte ein Mensch dort die Vergangenheit suchen, ist das ein müßiges Unternehmen. Nur ausflugsweise fuhr man von Brüssel nach Kalterherberg. Drüben im Belgischen, aber schon im wallonisen Gebiet, wo man besser ißt, wird man ein Mahl nehmen. Nachdenken? An damals? Es gibt nichts zu denken. Es führen keine Brücken vom Ausflugsort nach der Kalten Herberge des Jahresanfangs von 1939. Bei einem Blick über die Wiesen stellt ein Sprüchlein sich ein: Es ist Gras gewachsen über die Vergangenheit. Das grüne Gras der Fagne und der Eifel. Nur noch im Kopf ist die Kalte Herberg aufzufinden, der ist verläßlich – noch.

Der Fremde von 1939, der die Sylvesternacht in der Jacordenstraße verbracht hat, aufgestört dann und wann von lärmenden Feierschwärmern, nahm seine Züge. Köln–Aachen, Aachen–Kalterherberg. So gelangte er nach Belgien, »mit Gott«, wie es in der Loge gesagt worden war. Es war keine Vergnügungsfahrt. Sie wurde andernorts ziemlich genau beschrieben: so bleibe sie hier eine Leerstelle.

Ankunft in Antwerpen. Was dem aus Mitteleuropa Zugereisten gleich auffällt – er trifft ziemlich spät abends ein, so daß die Schlußlichter der zumeist amerikanischen

Autos wie wohlwollend blitzende Augen leuchten — das ist der offenbare Reichtum dieser Stadt. Er dachte sie sich nicht so lebendig, nicht so elegant, nicht so verschwenderisch von Lichtreklamen erleuchtet, denn irgendetwas von der »Festung Antwerpen« des Ersten Weltkriegs war undeutlich in seinem Gedächtnis hängen geblieben, so daß er sich ein graues, abweisendes Stadtbild vorgestellt hat, etwas regnerisch Düsteres, wo zwischen Festungskuppeln und Hafenschuppen einsilbige Menschen ihrem Tagewerk nachgehen. Aber einsilbig sind sie gar nicht, die großen, meist schweren Männer, die üppigen und nach zeitgenössisch-deutschen Begriffen überreich mit Make-up zurechtgemachten Frauen, die der Fremde — oder sollen wir ihn, den gestern Entwichenen, fürderhin den Eindringling nennen? — über die vom Bahnhof hafenwärts führende Hauptstraße »Keyserlei« gehen sieht, die in den Cafés duftende, aus Butter herausgebackene warme Waffeln essen, so daß einem Hungerleider das Wasser im Munde zusammenläuft. Breughel. Man wasche den Weibern die Schminke aus den Gesichtern, ziehe den Männern Bauernkittel an, sie werden aussehen wie das Volk, das der Meister gemalt hat. Sie machen Handelsgeschäfte aller Art trotz der Krise, in der die industrielle Welt seit 1929 steckt. Es ist ihnen, wenn man ihren schmatzenden Mündern und in Fett gepolsterten, gutmütig-stumpfen Augen glauben darf, wohl in ihrer Haut. Und in ihrer Stadt, die sie die »Metropole« nennen und von der sie alle wissen, daß sie zur Zeit von Karl V. Europas mächtigste Handelsstadt war, mächtiger nach Silber, Gold, Häuserprunk als London oder Paris. Um wieviel intensiver doch hier das Leben pulsiert, denkt der Ungast, als in Köln, das eben erst verlassen wurde, als gar in Wien, das mehr und mehr im Nebel verblassender Erinnerung versinkt. Daß nicht alle Antwerpener sonntäglich völlern wie beim Bauern-Breughel, daß nicht alle zufrieden sind mit Stadt, Land und Staat, der Fremdling wird es bald erfahren. Noch steht freilich zwischen ihm und den 600 000 Stadteinwohnern die Sprache. Eine Anti-Sprache, wie er zunächst zu meinen geneigt ist, denn was da gurgelt, röchelt, die RRRRs rollt und nur gelegentlich in langgezogenen Lauten zwischen A und O sich vokalisch erlöst – das ist doch keine Sprache! Auch daran wird man sich gewöhnen, wie an so vieles, was man nicht glaubte erfahren zu können. Der Fremde erlernt die Sprache, ziemlich mühelos sogar, durch bloßes Zuhören und Zeitunglesen, wiewohl das letztere ihn oft vor schier unlösbare Rätsel zu stellen scheint. Er liest von »taalwetten« und stellt sich geraume Zeit hindurch so etwas wie wettwerbenden Langschilauf in Bergtälern vor. Er geht ganz fehl damit. Taalwetten, das sind die Sprachgesetze: taal = Sprache, de wet = das Gesetz. Dergleichen klärt sich schnell auf, auch die überraschende Tatsache, daß an manchen Häusern »te huur« steht, was aber nichts zu tun hat mit dem dubiosen Gewerbe, vielmehr als »te hüür« ausgesprochen wird und einfach meint, hier sei etwas zu vermieten. To hire, heuern, das fällt einem bald ein und der Ruch von Lasterhaftigkeit verschwindet von den Häusern mit den einladenden Affichen. Bald ist das Niederländische so halbwegs gemeistert, verliert damit auch alles Ächzende, denn was man selber redet, ist niemals unschön.

Der Ungewünschte, denn »ongewenst« liest er täglich in der Zeitung, wenn von seinesgleichen die Rede ist, muß nach bleibender Bleibe suchen. Versehen mit den paar Franken und Cents, welche die unermüdlich fürsorgliche Antwerpener Judengemeinde den Flüchtlingen zur Verfügung stellt, wandert er stadtauf, stadtab in immer mehr herabkommendem Schuhwerk auf der Suche nach einem Zimmer, das »te huur« und zugleich erschwinglich ist. Er hat so manchen Schicksalsgenossen in Antwerpen, der ihm Rat erteilen möchte. Aber alle verweisen sie ihn immer wieder auf das jüdische Viertel, »de joodse wijk«. Gerade dort will er nicht hin. Er weiß nun schon manches über die Antwerpener Verhältnisse, hat vernommen, daß es sehr viele sehr reiche Diamantenhändler gibt, die in vornehmen neuen Buildings am Stadtrand wohnen. Sie sind selber der »joodsen wijk« entronnen, denn es scheint, daß der soziale Aufstieg einhergeht mit einer zumindest oberflächlichen Ablösung der Menschen von ihrem fatalen Herkunftsgeschick. An sie, eben die Herren und wohlbekleideten, oft schicken und zumeist französisch parlierenden Damen, die allerwegen ihr Eintrittsbillet in die europäische Kultur sich zwar nicht durch Taufe, wohl aber mittels des Diamantengeldes ihrer Ehemänner verschafft haben, kommt der Eindringling ohnedies nicht heran. Sie kommen auf für sein Existenzminimum aufgrund einer Verpflichtung, die sie der Regierung des Königreiches gegenüber eingingen. Aber sie wollen begreiflicherweise von den wenig schluckenden Schluckern gleichen ethnischen Ursprungs, gleicher Physiognomie, aber ganz ungleichen nationalen Hintergrundes so wenig wie möglich wissen. Wer ihnen trotzdem einmal vors Gesicht kommt, der kriegt allenfalls zu hören: So, da seid ihr in Sicherheit, Gott sei gelobt. Aber warum habt ihr eigentlich gegen diesen Hitler keine Revolution gemacht? Dort also führt kein Weg hin. Und die alte »joodse wijk«, wo die armen Juden, Diamantenschleifer, kleine Händler, auch Industriearbeiter, hausen, die meidet der Fremde mit dem Instinkt dessen, der genau weiß, daß das Ungewohnte erst dann wirklich zum Anstoß wird, wenn es sich ballt. Te hüür also anderswo. Und ganz natürlich führt der Weg hinunter in jene dem Hafen nahegelegene Stadtregion, wo in überfüllten, Hotels sich nennenden Herbergen für billiges Geld

Zimmer zu mieten sind. Dort findet er für so rund eineinhalb Jahre Obdach. Die Wirtsstätte, in der er sich einnistet, hat wenig Ehrbares. Die Existenzen seiner Türnachbarn scheinen nicht reputierlich zu sein. Einer ist da, der geht allmorgendlich mit einem kleinen Köfferchen aus dem Hause, Kämme, billige Kosmetika und allerhand Tand zu verkaufen. Eine stets im Schlafrock durch die Korridore huschende Person geht offensichtlich dem Hurengewerbe nach. Der Unerwünschte, den Behörden ebenso verdächtig wie das Mädchen, wird bald die Bekanntschaft der schwerbusigen Dame machen, die sich als ganz umgänglich und hilfsbereit erweist. Sie ist aus Liège, das auf Deutsch Lüttich und auf Flämisch Luik heißt, spricht nur Französisch, haßt die flämischen Antwerpener, die doch nun einmal ihre Kunden sind. Das sind keine wahren Belgier, sagt sie. Die liebäugeln alle schon mit den Deutschen, sie werden uns verraten. Der Zugereiste will das nicht so recht glauben. Hat nicht erst gestern ein flämischer Arbeiter ihm versichert, Hitler sei ein »smeerlap«, ein Saukerl? Er versteht sich recht gut mit den Flamen, nachdem er so halbwegs ihre Sprache erlernt hat. Es macht ihm auch nichts aus, daß sie im Zustande erhöhter Stimmung dann und wann flämisch-nationalistische Lieder singen, wie »Vliegt de Blauwvoet«, das ein deutscher NS-Dichter namens Otto Brues seinem Roman »Fliegt der Blaufuß?« zum Titel gab. Er weiß: hier herrscht Demokratie. In dieser Stadt amtiert ein sozialistischer Bürgermeister, und einer der populärsten Politiker des Landes ist ein anderer Sozialist namens Paul-Henri Spaak. Es wird noch gute Weile währen, bis man die Fassade der belgischen Formaldemokratie durchschaut und hinter ihr den tödlichen Kampf zweier Volksgruppen entdeckt. Vorläufig versucht man, die Stadt zu entdecken. Nicht auf touristische oder kulturtouristische Weise! Die schöne spätgotische Liebfrauen-Kathedrale, an der man täglich vorübergeht, wird nicht aufgesucht, auch an jenen Tagen nicht, an denen in ihr die Rubens-Gemälde den Blicken der Kunstbeflissenen offen liegen. Für Besuche der flämischen Oper, des flämischen Schauspielhauses – man spielt dort häufig Lessings »Nathan der Weise« –, ist ohnehin kein Geld da. Es ist hauptsächlich das Hafenviertel, wo der Fremde sich herumtreibt. Namentlich die Hurenhäuser, gleich hinter dem »Groote Markt« und seinem schönen Renaissance-Rathaus gelegen, interessieren ihn. Er hat dergleichen noch nirgendwo gesehen: Glastüren, als ginge es in kleine Läden und hinter ihnen bescheidene, aber sauber gehaltene Zimmer, mit breiten Betten, gestickten Tischdecken, Kunstblumensträußen. Es sind Schaufenster und die zur Schau gestellten Waren sind Frauen zwischen siebzehn und fünfzig, in tiefdekolletierten Kleidern, die Gesichter maskenhaft beschmiert. Sie lächeln ein ewiges starres Lächeln, wenn draußen ein möglicher Kunde vorbeigeht. Manchmal winken sie oder machen gar mit dem Zeigefinger Lockbewegungen wie die Hexe in Hänsel und Gretel. Man wird nicht müde, ihrer mysteriösen Daseinsweise nachzugrübeln. Vor allem: man fühlt sich ihnen verwandt. Wenige Schritte von dem dunklen Gassengewirr, in dem sie ihre Quartiere aufgeschlagen haben, steht das Rathaus und in ihm befindet sich die höchste Polizeibehörde der Stadt. Der ungebetene Gast weiß genau, daß man dort auf ihn das gleiche kalte Fischauge hat wie auf die Mädchen. Er ahnt nicht, um wieviel günstiger übers Jahr die Lage der armen Huren sein wird als seine eigene. Sie werden dann Kunden finden, die kurze, schwarze Stiefel tragen, Knobelbecher, wie man sie nennt. Er aber wird. Was? Wir werden sehen. Es kommt die Zeit, auch davon zu sprechen. Vorläufig geht er in leidlich ausgewogenem Weltvertrauen durch die Gassen, hinunter an den Quai, woselbst die

Heilsarmee an jedermann ganz wohlfeile Mahlzeiten ausgibt, Paardenbeefsteak, Pferdebeefsteak, ist besonders beliebt. Am Nachmittag wird er vielleicht durch schmale Straßen, vorbei an schönen Giebelhäusern den Weg zur Stadtbibliothek suchen, die eine reiche deutschsprachige Abteilung hat und wo man ein immer wieder unterbrochenes Studium auf eigene Faust, die immer noch die beste ist, fortsetzen kann. Die Bibliothekare sind dienstfertig und gebildet. Ihnen ist der manierliche Ausländer ein Leser wie irgendeiner. Bereitwillig schleppen sie die Josephs-Romane von Thomas Mann herbei oder einen ganzen Jahrgang der Zeitschrift »Maß und Wert« oder den Wälzer »Der logische Aufbau der Welt« von Rudolf Carnap. Dann und wann wagt man sich schon an Niederländisches, die Schriften Felix Timmermans und Ernest Claes' zum Beispiel, in denen das flämische Bauerntum nicht ohne bösartige, aber von dem eben erst die Konturen der Landes-Szenerie halb und halb erkennenden Leser noch nicht durchschaute Hintergedanken dem Schmutz und einer vorgeblichen Verlotterung der wallonischen Industriegebiete entgegengehalten werden. Manchmal, in einer Zigarettenpause, die der Fremde sich vor dem idyllischen kleinen Bibliotheksgebäude in der feuchten Nordseeluft gönnt, kommt es zu Gesprächen mit anderen, einheimischen Bibliotheksbesuchern, Studenten und Intellektuellen. Da kann er hören, daß Flandern endlich im Begriffe sei, zu erwachen und sich einen Platz an der Sonne dieses Staatswesens zu erobern. Es sei übrigens ein miserabler Staat, dieses Belgien. Während eines Jahrhunderts habe es die Flamen unterdrückt und sie ins Joch einer wildfremden Kultur, einer verhaßten Sprache gezwungen. Die Französisch-Sprachigen, Wallonen und Brüsseler, blickten nur nach Paris, betrachteten das Niederländische als Küchensprache und die Flamen allesamt als dumme Bauern.

Und — würde man es für möglich halten? — selbst in Antwerpen, der Metropole, gebe es volksverräterische Leute, Flamen, die nur französisch sprechen, eine ehrvergessene Bourgeoisie! Mit der werde man abrechnen. Bald. Wenn es je zum Kriege käme, Frankreich würde ihn gegen das neue Deutschland verlieren. Und verlieren würden die französischsprachigen Bürger ihre Vormachtstellungen im Staate. Dem Gast wird unheimlich. Er fühlt sich plötzlich unerwünschter denn je, wagt keine Gegenrede, schweigt verlegen. Das neue Deutschland, mein Gott! Da wäre doch diesen Leuten so manche Aufklärung zu erteilen. Wer aber geduldet ist, wer von Vierteljahr zu Vierteljahr sich sein Aufenthaltspapier holen muß, nicht ohne jedesmal zu bangen, ob man ihm den windigen Zettel auch wirklich aushändigen wird, macht sich hier nicht weiter wichtig. Er flüchtet wieder hinauf in den wohlgeheizten Bibliotheksraum, der unendlich viel freundlicher ist als das öde Zimmer im zweifelhaften Hotel. Er sucht Unterkunft bei Thomas Mann, was ihm aber auf beklagenswerte Weise mißlingt. Ja, er verspürt sogar Neid und Ressentiment gegen den geliebten Dichter. Du hattest gut und schön schreiben dort droben in Küsnacht-Zürich, eingepackt in Ruhm, Geld und das Bewußtsein deiner Unvergleichlichkeit. Komme gefälligst hierher und höre dir das widerliche Geschwätz der Dummköpfe an, die nicht wissen, was sie reden, denen aber darum nie verziehen werden soll. Ah, du magst nicht? Du schreibst feine Briefe in feinen Worten an feine Leute? Gute Nacht. Eiligen Schrittes geht der Eindringling dem Hause zu, darin er wohnt, einem hohen, grauschwarzen Bau, in dessen Erdgeschoß sich eine Taverne befindet. Er sucht die Hure Denise und lädt sie zu einem Glas Bier ein, das kann er sich noch leisten. Denise aus Liège, die schlumpichte, schwerbrüstige, aber nicht reizlose Person, von der er wenigstens hören wird, daß, wenn es zum Kriege käme, die letzte Stunde des Boche geschlagen habe. Frankreich. Die Maginot-Linie. An ihr mögen sich Widerlinge aus dem östlichen Nachbarland ihre dummen Schädel einrennen. Auch La Belgique sei gut gerüstet. La Belgique: für Denise ist das eine Heimat, ein verteidigenswerter Staat, verbündet mit den unbesiegbaren Großmächten Frankreich und England. Die Neutralitätserklärung, die König Leopold III. abgegeben habe, gelte nicht im Ernstfalle. Sie, Denise, wisse das von einem ihrer besten Kunden, einem Offizier. Der Gast ist so erhoben und erwärmt vom nazifeindlichen belgischen Patriotismus der Dame, daß er Gebrauch macht von einem längst von ihr vorgebrachten Angebot. Sie hat Verständnis für die Lage eines Flüchtlings. War nicht ihr Vater im Ersten Weltkrieg selber auf der Flucht gewesen vor dem deutschen Eroberer? Denises Körper ist weich und warm und sehr mütterlich. Ein heimatlicher Körper. In seiner Fülle ist man wohlgeborgen und denkt nicht mehr an Antwerpen. Wenn es aber zum Kriege kommt, sagt Denise danach, dann ...

Und dann kam er, der Krieg, »de oorlog«, la guerre. Und entgegen den Versicherungen der guten Denise hielt Belgien an seiner Neutralität fest. »Von jetzt an wird zurückgeschossen«, bellte der Wolf, man vernahm seine Stimme im Hinterzimmer der Taverne »Gounod«, Kelderstraat 8, Antwerpen. Sind Sie bereit zu kämpfen? fragte herausfordernd ein junger flämischer Geschäftsmann den Fremden. Niemand ist bereiter als er, der von Komitee zu Komitee läuft, um sich freiwillig zu melden. Aber Belgien ist neutral. Es wird wenig Notiz genommen von seiner fiebrigen Kriegsbereitschaft, seinem dringenden Verlangen, endlich Mann gegen Mann mit der Waffe in der Hand einem Feind gegenüberzutreten, der ihm bislang nur Jäger gewesen war. Kleinwildjäger, Judenjäger. Die jungen Männer Belgiens werden mobilisiert, ziehen mit den verschlafenen Mienen von Leuten, die diese Sache nichts angeht und die Angst haben, in recht armseligen Khaki-Uniformen an die Ostgrenzen, den Albert-Kanal. Der Gast beneidet sie. Er selbst ist darauf gestellt, sich einen Film anzusehen, den man in einem großen Kino an der Keyserlei vorführt: »Sind wir gut gerüstet?« — eine vom Heeresministerium hergestellte Propaganda-Schau. Da sieht schwarz-weiß und zweidimensional alles recht stattlich aus: die Kanonenrohre wie die aus dem Potemkin, die Festungskuppeln, die ausgesucht martialischen Infanteristen, die Bunker und Flugzeuge. Sind wir gut gerüstet? Die Antwerpener, die nun dem Unerwünschten mit doppelter Reserve gegenübertreten, da er ja einerseits ein Flüchtling und für sie also eine Art von Deserteur ist, andererseits die Sprache spricht des Landes, gegen das sie das ihre schützen sollen, sind von der Schlagkraft ihrer Armee weit weniger überzeugt. Sie hoffen, daß dieser Kelch an ihnen vorübergehen werde, daß Hitler Belgien nicht nötig habe, daß sie bald ihr Khaki mit Zivil vertauschen dürfen. Alltäglich kauft der Unerwünschte bei einem alten Manne, der nächst dem Bahnhof unter dem Viadukt seinen Standplatz hat, die sozialistische »Volksgazet«. Der Alte sagt gewohnheitsmäßig wie zu jedem anderen Kunden auch: Danke, Genosse. Dem Fremdling wurde immer warm ums Herz dabei. Jetzt aber wird der runzelige Mann gesprächig. Oorlog, sagt er, Genosse, Krieg! Aber diesmal werden wir Arbeiter nicht mittun; mögen die da droben sich selber die Köpfe einschlagen. So, so, denkt der Flüchtling. Die vox populi. Der alte Sozialist hat keine Lust, seinen Sohn gegen Hitler marschieren zu lassen.

Die reichen jüdischen Handelsherren in ihren vornehmen, in repräsentativen Ausfallstraßen gelegenen Appartementhäusern beeilen sich, ihre Vermögenswerte ins

Ausland zu bringen und bereiten ihre Übersiedlung nach den USA oder Südafrika vor. Die armen Juden der »joodsen wijk« reden von Militäreinberufung, soferne sie schon belgische Staatsbürger sind, oder von Flucht, wenn sie polnische, ungarische, rumänische Pässe haben. Nach Kreuzzugsstimmung sieht das alles nicht aus. Gelegentlich gehen abends die Lichter aus: man übt Verdunkelung. Die flämischen Zeitungen berichten von einer Art Gespensterkrieg an der Maginotlinie, die unbesiegbare französische Armee habe Schweine durch die Minenfelder von Forbach getrieben, um die Minen zur Explosion zu bringen, ehe die große französische Offensive beginne. Polen ist längst gefallen. Der gescheite und zierliche Generalstabchef Frankreichs, Generalissimus Gamelin, hat seine Lektionen aus dem deutschen Blitzsieg gegen Polen gezogen. Die tapfere Reiterei der Polen konnte nicht aufkommen gegen die deutschen Tanks. Frankreich ist nicht so dumm, Kavallerieregimenter hinmähen zu lassen. Es wartet. Es fühlt sich sicher. Mögen die Deutschen im eigenen Safte schmoren, schon haben sie ja nichts mehr zu essen, versichert dem Flüchtling ein französischsprachiger Antwerpener, der täglich den Pariser »Temps« liest. Aber drunten im Hafen, nächst dem alten Festungsgemäuer »Steen«, sagt ein älterer Gewerkschaftler: Ich kenne unsere Armee, sie ist tapfer, aber sie hat kein entsprechendes Material. Nichts ist da, was wir Hitler entgegensetzen können. Wenn nur England und Frankreich so klug wären, sich mit diesem Manne zu verständigen, bevor die Stunde schlägt. Mit diesem Hitler wird es sich schließlich auch leben lassen.
Der Fremde steht auf einer kleinen, wie eine abgebrochene Brücke aussehenden Landzunge, die in die Schelde ragt und blickt lange und in wachsender Verzweiflung ins schmutziggrüne Wasser. Sind wir gut gerüstet? Er dreht sich um, geht stadteinwärts, tritt aus purer Verstörtheit in

die Kathedrale ein, verläßt sie aber gleich wieder und sucht vor dem eisig wehenden Nordseewind Schutz in einem Café am Platz »Meir«, dem Hauptplatz der Innenstadt. Nimmt Zeitungen zur Hand. Es scheint nichts geworden zu sein aus dem Schweinetreiben bei Forbach. Der General Gamelin hat Weile, er, der Fremde, hat Eile. Nur weiß er nichts zu beginnen mit seiner blinden Hast, wandert geschwinden Schritts, als ginge auch er Geschäften nach wie die Stadtbewohner, hinauf zum Bahnhof, starrt auch die Züge an. Viele gehen direkt nach Brüssel. Dort war er auch noch nicht, man hat ihn gewarnt, das Pflaster der Hauptstadt sei heiß für seinesgleichen, Flüchtlinge würden häufig abgefangen und in Lager gebracht. Er kauft am Zeitungskiosk das Emigrantenblatt »Pariser Tageszeitung«, um sich doch etwas Gutes zu tun, liest, es herrsche in Deutschland bereits allgemeine Demoralisierung, vor allem in der Arbeiterschaft. Dann tritt er aus dem Bahnhofsgewölbe hinaus auf den Astrid-Platz, wo in einem der Kinos gerade ein Film mit der schönen Viviane Romance läuft. Er zählt sein Geld. Es wird ausreichen für ein Billet. Bald umfängt ihn eine Welt von Schönheit, Männlichkeit, Leidenschaft.

Wenige Monate danach, am 10. Mai 1940, greift Deutschland über seine Westgrenze an und Belgien wird in drei Wochen geschlagen sein.

GURS—BRÜSSEL

Die Straßen, selbst die relativ schmalen routes départementales, sind alle ausgezeichnet in den Basses Pyrénées. Wer im Kleinwagen die Gegend bereist, hat kaum automobilistischen Ärger zu befürchten, soferne nur sein Vehikel halbwegs gut gehalten ist. Das Land ist feindlos. Zu sagen: freundlich, wäre bereits eine unerlaubte Anbiederung. Denn es ist ja ein ziemlich fremdes Land mit seinen Hügeln, Kastanienwäldern, den Äckern und den aus dem Gebirge herabstürzenden, kalten Bächen. Die Leute sprechen einen Dialekt, an den das Ohr sich erst gewöhnen muß. Manche, in der Region von Hasparren namentlich, reden unter sich sogar das mysteriöse Baskisch. Für den Autotouristen, der wohlversorgt ist mit Reisepapieren, Geld und dem Bewußtsein staatsbürgerlicher Rechte, ist manches, was er im Kopfe mit sich trug, nicht übereinzubringen mit dem aktuell Geschauten. Er verfährt sich, studiert angestrengt die Karte, will ihr nicht glauben: der Name Gurs ist nirgendwo eingezeichnet. Das Auge irrt herum zwischen bekannten Ortsbezeichnungen, Sauveterre-de-Bigorre, Mourenx, Mauléon, es hilft das alles nicht recht weiter. Schließlich verlegt der Reisende sich aufs Fragen. Gurs? Kein Wunder, daß es in der Michelin-Karte nicht zu finden ist; für so kleine Nester muß man Regionalkarten haben. Aber Auskunft wird erteilt an diesem schwülen, diesigen Junitag, die Leute sind nicht ungefällig, mögen sich nur fragen: Was sucht eigentlich ein belgischer Automobilist ausgerechnet in Gurs, wo es kein Hotel gibt, kaum ein ordentliches Restaurant? Manche werden mißtrauisch und murmeln Unverständliches hinter dem Fahrer her, dem sie lange nachblicken. Dieser ist irritiert von einem ständigen Wechsel scheinbaren Wiedererkennens und dem Gefühl vollkommener Fremdheit. Was als besondere Nervenprobe sich einstellt, ist die vergebliche Suche nach dem Gebirgszug der Pyrenäen. Sie waren doch da, denkt der Besucher aus dem Norden, ich hatte sie vor Augen und nannte sie damals die »fremden Gebirge«, weil sie so ganz anders geartet waren als die vertrauten Alpen! Wie ein zerrissenes rötliches Gemäuer, gefährlich wegen ihrer augenscheinlichen Unübersteigbarkeit, standen sie vor mir, die Pyrenäen, unmöglich können sie von dieser Erde verschwunden sein. Wo sind die Pyrenäen? fragt man schließlich einen Bauern, der kopfschüttelnd antwortet: im Nebel; das ist doch immer so an schwülen, gewittrigen Sommertagen. Und wie war es damals? Nichts ist täuschender als die Erinnerung, die holt ein irgendeinmal registriertes Bild aus der Tiefe und löscht andere aus, ganz und gar. Sie will nur einzelne Lebenskristalle hergeben, was weich ist, das verbirgt sie. Der Wagen rollt nun hügelaufwärts. Anhalten vor einem kleinen Bauernhaus, wo eine ältere Frau, einen Trog vor sich, kleine Wäsche wäscht. Neues Fragen. Sie sind ja hier in Gurs, sagt das Weib, blickt nicht auf von seiner Arbeit. Räuspern. Es ist die alte Verlegenheit: gewisse Dinge sollen nicht ausgesprochen werden, man macht sich so leicht verdächtig. Ob es hier denn nicht in den Jahren unmittelbar vor dem Kriege und während seiner ein großes Lager gegeben hätte, le Camp de Gurs? Bien sûr. Durch nichts ist die Frau zu bewegen, aufzuschauen, Anteil zu nehmen an des Reisenden verzweifeltem Suchen. Und wo das gewesen sei? Nun wendet sie sich endlich dem Fragenden zu, deutet mit der zerknitterten, tiefgebräunten Hand über ein weites Feld, Wiesen, Äcker, Sträucher, vereinzelte Kastanienbäume. Die Hand weist energisch und bewegt sich dabei, als messe sie die Weite ab. Hier, sagt die Frau, hier lag das Camp de Gurs. Die Spuren sind alle erloschen. Nicht ohne Entsetzen und eine tiefe Todesangst denkt der Besucher: Gras ist gewachsen über meine Vergangenheit; es ist wirklich Gras gewachsen, ich dachte immer, das sei nur eine Redensart. Gras. Und: Merci! Die Bäuerin steht längst wieder gebückt vor ihrem Trog und wäscht mit einem Fleiß, als gelte es, die Zeit wegzuwaschen.

Als 1939 Franco nach dreijährigem Bürgerkrieg endgültig triumphierte, traten die letzten Kontingente der Republikanischen Armee über die Pyrenäengrenze nach Frankreich über. Das konnte man damals in den Kinowochenschauen sehen, noch gab es ja kein Fernsehen. Die Soldaten der Republik, erschöpfte, hagere Männer, vermummt, denn es war Winter, verwahrlost, denn längst hatte es für sie keinen Nachschub mehr gegeben, warfen ihre Gewehre zu Hauf, nutzlos gewordenes Werkzeug. Um sie herum standen die Gastfeinde, kalt, wohlgenährt, mit den wichtigen Mienen, die allen Polizisten der Welt eigen sind. Die »Garde Mobile« der glorreichen französischen Republik nahm die Kämpfer für die spanische Freiheit auf, als seien sie Gesindel, das man in grüne Wagen verfrachtet. Aus den Soldaten wurden Gefangene. Die mußte man unterbringen, irgendwie. So entstand auf der kleinen Hochebene von Gurs das Lager. Man errichtete es mit der Funktionalität des Elends. Windige Holzbaracken mit schiefen, teergedeckten Dächern und Luken anstelle von Fenstern: wer Licht wollte, mußte sie öffnen und bezahlte für den Tag, indem er fror. Das Spanienlager von Gurs – es war nicht das einzige, an vielen Orten entlang dem Fuße der Pyrenäen entstanden andere – war eine französische Schmach. Die Republik zeigte, daß sie es ernst meinte mit der Nichteinmischung in Spaniens innere Angelegenheiten. Mord und Tod und Hunger und Kälte richteten nichts aus gegen die abstrakte Begrifflichkeit absurderweise so benannten Völkerrechts. Die Helden zogen in ihre Baracken ein, und die Männer der Garde Mobile ließen sie selber die Stacheldrähte ziehen, hinter denen sie in die finsteren Holzbuden in freudlosem Gleichschritt einrückten. — Dort warteten sie. Langsam genug leerten sich schließlich die Lager. Die Republik war faul und gleichgültig, aber nicht durchaus böse. Da und dort erlaubte man den Spaniern die Niederlassung in kleinen südfranzösischen Städten, nach einem unerforschlichen Selektionsprinzip. Es waren nur noch wenige Spanier da, als andere Häftlinge einzogen. Die wußten nicht, wie ihnen geschah. Sie waren keine Soldaten gewesen, hatten keine Gewehre, sie zu Hauf zu werfen. Sie sprachen auch nicht stolz rollend wie Spaniens letzte Verteidiger der Republik, sondern redeten die eigentümlich zischende Sprache derer, die gewohnt sind, sich nicht zu wehren, nur umsichzublicken nach kalten Augen und griffbereiten Händen. Sie kamen aus allen Regionen Frankreichs, vorzüglich aber aus Paris, wo man sie mit dem eisernen Besen aufgekehrt hatte als feindliche Ausländer, denn die meisten hatten deutsche Pässe bei sich; den Reichsadler kannten und anerkannten die französischen Behörden, das große, rote »J«, das diese Papiere blutig zierte, ging sie nichts an. Ein paar waren auch aus Belgien über eine Anzahl von Umlagern nach Gurs geführt worden. Das belgische Oberkommando war offensichtlich der Meinung, wären sie erst jenseits der Maginotlinie, in den Tiefen des französischen Raumes, sei man sicher vor ihnen. Feindliche Ausländer waren sie: zu unerwünschten Fremden wurden sie nach dem Zusammenbruch erst Belgiens, dann Frankreichs. Man hatte sie nicht geladen an Frankreichs wohlbestellten Tisch, und entsprechend ging man auch um mit ihnen. Nicht, daß ihnen irgendeiner der zu Tode sich langweilenden Männer der Garde Mobile etwas zuleide getan hätte! Die Wachposten umstanden das Riesenlager, das in zahlreiche Parzellen oder »îlots« gegliedert war, mit deutlich auf ihren dummen Gesichtern erkennbarem Widerwillen, doch ganz ohne Haß. Wer haßt auch Ungeziefer? Man entledigt sich seiner, das ist alles. Die Lagerinsassen schlurften kraftlos mit müden Beinen und verstörten Blicken durch die Wege zwischen den Baracken, die alsbald bräunlicher Schlamm wurden, in dem die Füße versanken. Die Insassen zischten vielerlei: dieser von vergangener Ansehnlichkeit (er war Kaufmann gewesen oder Anwalt oder gar Schauspieler), jener von seiner leberkranken Frau, andere von ihren Auswanderungsplänen nach Gottes eigenem Land jenseits des Atlantik, die sie weiterbetreiben wollten, wüßten sie nur wie. Man redete von der nahelegenen Stadt Pau wie von einer glänzenden Kapitale, und wer Geschick und welsche Zungenfertigkeit besaß, dem konnte es gelingen, Urlaub zu erwirken. In den Baracken ging es angeregt zu. Die Wahl eines Barackenchefs konnte zu leidenschaftlichen Diskussionen Anlaß geben sowie die Frage, wer nachts Wache zu stehen habe vor dem Holzplatz, wo man sich tagsüber unter Aufsicht der Garde Mobile Material zur Herstellung von Knüppelsteigen holte. Allenthalben gab es auch Aufgeräumte und Zuversichtliche. Einer wollte à tout prix eine Theatergruppe gründen, die Polizeioffiziere zu unterhalten und solcherart zu Vorteilen bei der Verpflegung zu gelangen. Hatte er nicht schon in Paris in einem Emigrantentheater seiner Sangeskunst Zeugnis abgelegt? Auf der Stelle, mitten im Gezisch und Geraschel des Geschwätzes sang er Charles Trenets Lied »Je chante«. Er sang recht hübsch und feurig, aber niemand hörte ihm zu. Wer nicht allzu hungrig war, versuchte den Schleichweg in eines der Frauenlager und genoß im Halbdunkel auf einer Pritsche oder auf dem Erdboden die Freuden der Liebe, unbeachtet von anderen Weibern, die rundum saßen, sich die Zehennägel schnitten, jählings manchmal in schrille Streitereien gerieten oder vor sich hindösten. Es war der Winter 1940/41, ein sehr harter Winter. Schnee fiel, der nichts Weihnachtliches hatte. Der Lehmboden gefror. Das zerrissene Gemäuer der Pyrenäen stand an klaren Tagen sehr nahe vor dem Camp de Gurs. Besaß man Phantasie, konnte man sich ausmalen, wie man es erkletterte, sah Geröll und Schneisen vor sich, streckte im Geist die Hände aus, Felsgriffe zu erfassen, zog vorsichtig sich hoch, schwang sich schließlich hinüber auf die andere Seite. Nach Franco-Spanien fliehen? fragte ein politischer Flüchtling. Nie und nimmer, lieber hier verfaulen.

Verfaulen war eine gute Sache für einen namentlich, der ohnedies faul war von Natur aus. Man erzählte ihm, das Thermometer vorne an der Offiziersmesse sei auf sieben Grad minus gefallen. Er hatte eine Technik entwickelt, sich unter der ganz über den Kopf gezogenen Militärdecke durch den eigenen Atem zu erwärmen, nahm nicht einmal höflichkeitshalber den Kotzen vom Kopfe weg, murmelte: na gut, das ist nicht so kalt. Er war mit äußerster Konzentration damit befaßt, eine Anthologie deutscher Lyrik des späten neunzehnten und frühen zwanzigsten Jahrhunderts aus seinem Kopfe zu graben und in der Nachtfinsternis auf kleine Zettel niederzuschreiben. Mit Liliencron und Dehmel und Arno Holz ging es nicht schlecht. Martin Greif aber – war der notierenswert? Und Gustav Falke? Werfel natürlich: »will ohne Liebesdank dahin mich spülen«, und anderes. Ina Seidel: dies und das. Agnes Miegel, Börries von Münchhausen ganz gewiß nicht oder zu rein parodistischen Zwecken: »rot wird der Erde grüner Grund, bitter, bitter, bitter lacht sein Mund.« Dreimal bitter: bitte sehr. Aber Trakl, aber Georg Heym! Aber die Lasker-Schüler! Wo Zeilen fehlten, markierte man sie durch kleine Striche, morgen würde das Gedächtnis besser funktionieren. Die Suppe kam, und das Gezisch wurde zu gedämpften Gegröhl: war sie dick? »Topinambour« hieß die in der Region gezogene Pflanze, deren Knollen die Kartoffel hätten ersetzen sollen. Das Zeug schmeckte widerlich-süßlich, aber man schlang und trank. Ein philosophisch trainierter Kopf ließ sich zwischen seinem Schmatzen vernehmen: Nie habe er das Leben so intensiv gespürt, er meine: das Leben zwischen Mundöffnung und Arschloch. Man muß mit den Kalorien sparen, erklärte ein Naturwissenschaftler, das sei das ganze Geheimnis. Sich verhalten, als leide man an Hepathitis, also: nicht sich rühren, von den Muskeln auch nicht die geringste Leistung verlangen. Ein Schuster hatte über seinem Bett eine Luke geöffnet, was zu Protesten der anderen führte. Er brauche Licht, erklärte er, er flicke hier Schuhe und verdiene sich damit Brot, das könne er nicht im Finstern, und außerdem arbeite er im Sinne der Allgemeinheit. Jawoll, sekundierte ihm ein aufsässiger Idiot, Berliner mit penetratem Dialekt, wir sitzen alle in einem Boot. Der Lyrikkenner, hierher geschleppt aus der Antwerpener Emigration, warf plötzlich die kalorienbergende Decke von sich, rannte in die sieben Grad minus hinaus, wusch sich am Brunnen in freier Luft, machte dann einen Dauerlauf durch die Lagerstraßen bis ans Tor. Es standen da jenseits des Stacheldrahtes Bäume, er wußte nicht welcher Spezies, aber sie ergriffen ihn bis zu Tränen. Und Bauernhäuser in der Ferne. Eintreten, sich die Hände reiben, vorm Herd Platz nehmen, Fleisch und Brot essen, Rotwein trinken. – Es war noch nicht soweit: auch das sollte kommen. Ein Gefährte gesellte sich ihm, ein riesiger Mann mit rotem Haar und verschleierten, blauen Augen. Doktor, sagte er, in höchst geisterhaft hier in den Pyrenäen aus der Tiefe der Vergangenheit aufsteigendem Ur-Wienerisch, Doktor, i lern d'rs Stöhl'n! Kopfschütteln und Versicherung, man sei weder Doktor, noch des Stehlens fähig. A jeder Jud' kann stöhl'n, sagte der Riese träumerisch. Ein anderer schloß sich den Zweien an, erregt dieser und mundgewandt erzählend. Ernst Busch sei im Lager und der Maler Gert Wollheim und der Journalist Hans Steinitz. Das sei Elite. Man müsse sich an Leute halten, die Verbindungen haben. Wer keine solche Verbindungen zu knüpfen wünschte, zog sich zurück, wanderte eilig seiner Baracke zu. Wie hieß die Zeile doch? Natürlich: »Der Winter ist ein rechter Mann, kernfest und auf die Dauer!« Aber sie kam für die Anthologie nicht in Frage. Stehlen zu können, wäre gut, in der Tat; mit der Elite sich zu verbinden, müßte gleichfalls von Vorteil sein. Warum war man eigentlich dumm und nicht kräftens, dazuzulernen? Scham. Und noch ein flüchtiger Blick auf die Pyrenäen, an deren Fuß Lourdes liegen mußte, wüßte man nur genau wo, die Pfaffen wären vielleicht hilfsbereit. Ein anderer schrieb ihnen zu Ehren das »Lied von Bernadette«, ungefähr zur selben Zeit. Zähneknirschen. Ich werde mich nicht vor der Soubirous in den Lehm werfen. Ich werde nicht, auf keinen Fall. Was werde ich?

So ging der Winter hin. Draußen in der Welt hatten die Deutschen Jugoslawien und Griechenland erobert. Französische Zeitungen berichteten in diensteifriger Würdevergessenheit von den Kriegserfolgen und sprachen nicht mehr von Hitler und Deutschland, sondern von »Le Führer« und »Le Reich«. Noch den optimistischsten Lesern der ins Lager geschmuggelten schweizerischen »Weltwoche« verschlug es den Atem, denn täglich wurde es klarer: diesen Krieg stand, entgegen sämtlichen Voraussagen, Hitler zu gewinnen im Begriffe. Churchill, murmelten noch einige Männer in ganz verzweifelter Hoffnung, Roosevelt.

Le Général de Gaulle, heulte ein in Frankreich aufgewachsener, des Deutschen, wie er vorgab, nicht mächtiger Mann undeutlicher Herkunft.
Im Frühling wurde es Zeit. Die Fluchtpläne auszuarbeiten war nicht leicht, aber es lockten die Wiesen, die strahlende, die Basses-Pyrénées wärmende Sonne, es lockten sogar die Felsen der manchmal im Abendlicht wie Lava glühenden Pyrenäenmauer. Nur war es so: wie kann man ohne Geld, in abgerissenen Kleidern, ohne Papiere sich jenseits des Stacheldrahtes herumtreiben? Davon ist nicht die Rede, sagt der als Fluchtgefährte sich einstellende Kamerad, Mathematiker mit guten allgemein naturwissenschaftlichen Kenntnissen, ein ebenso logischer wie praktischer Mann. Man irrt nicht durchs Land, sondern geht zielbewußt bei Nacht, schläft während des Tages, vermeidet Hauptstraßen, orientiert sich leicht an Flußläufen. Alle Wasser hier münden in den Adour, und dieser ergießt sich bei Bayonne ins Meer: Bayonne aber liege bereits in Frankreichs besetzter Zone, so daß dann der Weg frei sei nach dem gleichfalls besetzten Brüssel droben im Norden. Andere versuchen, wenn sie jenseits des Stacheldrahtes stehen, den Weg in die Schweiz, manche verbergen sich in Frankreich und werden ins Maquis finden. Diese beiden aber streben hinauf, aus den nunmehr, im Mai 1941, sanft grünenden Hügeln der Basses-Pyrénées mit ihrer schon vertrauten Vegetation und ihren vereinzelt dastehenden Höfen, dorthin, wo sie erwartet werden. Warum? Es ist doch absurd, aus der immerhin und auch unter Pétains Vichyregierung noch relativ freien französischen Südzone sich direkt in des grauuniformierten Henkers Hand zu geben. Die Antwort wäre eine grobe und dem Außenstehenden vielleicht sogar läppisch im Ohr klingende Indiskretion. Verraten sei nur, daß einer der beiden Flüchlinge etwas vor seinen Augen sieht, das er unbegreiflicherweise (denn das

Wort hat Goldschnittcharakter und ist entwertet) »hold« nennt. Teerotes Haar ist in Brüssel, das weich in die Wangen fällt; ein noch in den schrecklichsten Lebensmomenten die Welt erhellendes Lächeln, eine leicht sommersprossige, sehr weiße Haut. Das ist reichlich genug, daß man die Richtung zu den klirrenden neuen Herren Europas einschlage. – Die Flucht erweist sich als ein zuweilen freundliches Abenteuer, so etwa, wenn man, abkommend von den Flußläufen, welche die Richtung anzeigen, und den Wald- und Feldwegen, durch Dörfer wandert. Sie sehen aus wie Epinalbilder des Ewigen Frankreich. Junge Menschen sind da, denen man sich gerne anschlösse. Die dunkelhaarigen, nicht eigentlich hübschen, jedoch mit ihren sehr scharf gezeichneten Gesichtern und harten Körpern fast immer anziehenden Mädchen singen das Schlagerlied, das einem flinken Hirn als erfolgversprechende Aktualität einfiel: »Attends-moi mon amour, avec un peu de chance, je serai bientôt de retour – prenons patience.«

So mochten es tatsächlich auch französische Kriegsgefangene in deutschen Stalags singen, es sei denn, der Gesang sei ihnen vergangen im Gebrüll der fremden Wolfssprache und sie tun schweigend Arbeit bei Bauern in Mecklenburg oder im Schwäbischen oder sonstwo zwischen Maas und Memel, Etsch und Belt. Die Wanderer schlagen sich durch. Da gibt es eine reichliche Mahlzeit bei einem Bauern, dort schenkt ein Arbeiter ein Paar Schuhe; in kleinen Städten spenden gedrückte Herren, die sich am liebsten unsichtbar machen wollten, denn sie sind Beamte des »Culte Israélite« unbeträchtliche Geldsummen, so daß man strekkenweise einen der überfüllten Züge nehmen kann, in denen kein Passagier mehr von der Niederlage spricht, fast alle aber in üppiger Ausführlichkeit von »ravitaillement«, der Lebensmittelversorgung. Worauf die meisten schließlich Brot, Speck und Obst aus ihren Reisetaschen holen und fressen, so daß der Hunger der beiden Landstreicher bis zum Paroxysmus und zu Mordgedanken sich intensiviert. — Hauptsache aber ist, daß es vorwärts geht. Und es geht in der Tat. Langsam und unsicher, doch immerhin mit einer gewissen Stete. So gelangt man mit einer kurzen Unterbrechung im Gefängnis von Bayonne hinauf nach Paris. Das letzte schwierige Hindernis wird an der Somme überwunden, beziehungsweise auf schwankem Kahn überquert. Längs dieses Flusses haben die Deutschen die Grenze gezogen zwischen dem Bereich des Oberbefehlshabers in Frankreich und des Herrn über den Militärgau Belgien-Nordfrankreich. Der Gauherr im Norden ist ein General von Falkenhausen; unter den Flüchtlingen, die sich berufsmäßigen Menschenschmugglern, sogenannten »Passeuren«, anvertrauen, flüstert man, der General in Brüssel sei nicht gar so schlimm. Man schleicht sich in seinem eigenen Land über willkürlich vom Eroberer in die Landkarte eingezeichnete Grenzen. Kaum einer muckt auf, zum großen Erstaunen der Landstreicher. Frankreich ist geschlagen und gründlich. Es sieht nicht danach aus, als würde es sich jemals wieder aufrichten. Der lange General in London muß sich sehr einsam fühlen. Er würde seinen Kampf aufgeben, könnte er sein Volk im Alltag sehen: wie gut, daß der Alltag keine historische Kategorie ist.

Das Brüssel der Septembertage von 1941 — ja: vier Monate währte für die Unerwünschten die Reise durch Frankreich — wäre allen jenen unerkennbar, die es heute besuchen, die bei den EWG-Dienststellen geschäftig sich tummeln oder über den inneren Ring spazieren. ICI, Chemical Bank, Midland Bank, Chase Manhattan-Bank, alles blank und blitzend, Glas und Beton, »one world« und triumphierender Neokapitalismus – es gab das nicht, und noch die ausschweifendste Einbildungskraft wäre unfähig gewesen, es sich vorzustellen. Brüssel ohne Hilton, ohne Zaventem-Flugplatz, ohne Westbury Hotel, ohne Siemens-Offices und vor allem: so gut wie ohne Autos. Noch hatten die zierlichen kleinen Patrizierhäuser nicht den geistlos konstruierten Apartment-Buildings Platz gemacht. Die Avenue Louise, heute eine Art von Autobahn, die den Fußgänger das Fürchten lehrt, war eine stille, gleichsam ins Anschauen ihrer selbst versunkene Kastanienallee, durch die sogar Reitwege führten. Chemin de Cavaliers, Ruietersweg, so stand es tatsächlich da auf alten schnörkeligen Schildern. Die Außenbezirke, die heute längst eingeholt wurden vom überaus häßlichen, parvenühaften Großstadtbild, hatten mit ihren schmalbrüstigen Backsteinhäusern, deren Fassaden allwöchentlich gewaschen wurden, etwas zugleich Trauliches und dichterisch Entrücktes. Überall glaubte man Paul Delvaux' nackte, mit starr-nachdenklichen Augen vor sich hin blickende Frauengestalten zu sehen. Allerorten meinte man eintreten zu dürfen, was hinwiederum eine Täuschung war, denn fürsorglicher als sonst und undurchdringlichen Gesichtes verschlossen die Brüsseler vor den Fremden ihre Türen. Vordem war da nur die Kleinlichkeit der Geizigen und Mißtrauischen gewesen, jetzt kam eine unbestimmte Furcht dazu. Denn mit schwerem Stiefel schritt martialisch über das elende Katzenkopfsteinpflaster der Stadt nunmehr der Besatzer. Es waren die Deutschen, die das Stadtbild beherrschten. An allen Wegkreuzungen sah man die Bündel ihrer Wegweiser: Kommandantur, Frontleitstelle, Kfz-Ersatzteile, Kartoffellager, Deutschland via Herstal, Rijsel (womit Lille gemeint war), via Doorwijk (wie Tourcoing auf Flämisch heißt, denn das Flämische hatte allemal Vorrang bei den Besatzungsbehörden vor dem Französischen). Die Männer in Feldgrau benahmen sich, wohlbewußt ihrer Herrenposition, distanziert-höflich. In den Straßenbahnen räumten Soldaten, gelegentlich auch Offiziere älteren Frauen ihre Sitzplätze. Es war ein gutes Nichtverhältnis zwischen dem Eroberer und den Unterlegenen. Diese bestaunten jene, selten mit unterdrücktem Haß, zumeist mit der Hochachtung, deren der Starke sich überall erfreut. Die Automobile der Besatzungsmacht, kleine graue Wagen zumeist, von denen kein Belgier ahnen konnte, daß er ihresgleichen eines Tages selbst lenken würde, waren so ziemlich die einzigen Kraftfahrzeuge, die man erblickte: fast der gesamte private und öffentliche Wagenpark war von den Deutschen beschlagnahmt worden. Dies trug noch dazu bei, daß die Stadt etwas Freundlich-Provinzielles bekam. Es gab für die Feldgrauen Soldatenkinos, Soldatenheime, Soldatenbuchhandlungen. Die Aufschriften an den für das Besatzungspersonal bestimmten Gebäuden und Läden waren in gotischer Schrift gehalten. Die »Brüsseler Zeitung« freilich, das Organ der neuen deutschen Ordnung, hielt sich an Antiqua-Lettern. Es war das übrigens eine journalistisch recht gut gemachte Tageszeitung, wobei einschränkend zugegeben werden muß, daß sie es damals leicht hatte, ihre Leserschaft mit interessantem und erhebendem Stoff zu versorgen: noch war ja nur von den spektakulärsten Siegen zu berichten, handle es sich um den ein paar Monate zuvor vom Zaune gebrochenen Krieg gegen die Sowjetunion oder um Rommel-Africanus, den Helden der Herbsttage von 1941. Erheblich anstößiger waren die in französischer und niederländischer Sprache erscheinenden belgischen Organe, die auf den deutschen Sieg gesetzt hatten vom Augenblick der Niederlage an und nun in jeder Nummer den Belgiern klarzumachen suchten, daß die Collaboration mit den Deutschen ihre einzige Chance sei. Sie jubelten mit

Deutschland, wenn die Truppen des Dritten Reiches in der Sowjetunion vorrückten. Sie schrieben ausführliche Leitartikel über den britischen Imperialismus und den Krämergeist der Engländer. Sie brachten Karikaturen des damaligen USA-Präsidenten Roosevelt, dessen Kinderlähmung die Zeichner inspirierte: man sah den Präsidenten, wie er sich, gestützt von seiner Frau Eleanore, deren etwas vorstehende obere Zahnreihe gleichfalls Gelegenheit zur humoristischen Verzerrung bot, aus einem Lehnstuhl mühsam erhob. Die Heiterlinge nannten ihn »The sitting fool«, erinnernd an den alten Al Jolson-Film »The singing fool«. Besonders ausführlich beschäftigten sich die Blätter mit jenen Leuten, denen auf unlogische, aber darum nicht weniger wirksame Weise zugleich ihr lähmender Pazifismus und damit die Niederlage als auch die bellezistische Anzettelung des Krieges vorgeworfen wurde. Als eines Tages durch öffentliche Anschläge der Kommandantur den Juden jegliches Ausgehen nach 20 Uhr verboten wurde, titelte eine der Zeitungen auf der ersten Seite mit den größten zur Verfügung stehenden Lettern »Les Hébreux sont exclus de la vie belge«. Die Leser wußten nicht – noch nicht – was das war: Les Hébreux. Sie hatten von der Glaubensgemeinschaft der Israeliten vernommen, kannten auch die fremdartig aussehenden und oft noch in ihre osteuropäischen Ghetto-Gewänder gekleideten, auf Märkten und in winzigen Geschäften handeltreibenden Leute, die sie »les juifs« nannten, ohne Haß, ohne Sympathie. »Les Hébreux« waren ihnen unbekannt. Wer mochte das sein? Zigeuner? Es war nicht schlecht, daß da die Deutschen Ordnung machten – und daß sie sich auf Ordnung verstanden, wollte jeder ihnen zubilligen und nicht zuletzt die aus Kriegsgefangenenlagern nach Brüssel heimkehrenden belgischen Soldaten, welche die totale Ineffizienz ihrer eigenen militärischen Führung erfahren hatten. Die ganze

Sorge der Bevölkerung Brüssels galt weder jenen düsteren Hebräern, für die niemand sich interessierte, noch dem Stiefelgetrampel der Besatzer, sondern mit bewundernswerter Ausschließlichkeit der Lebensmittellage und einem florierenden Schwarzmarkt, der jeden Nationalökonomen nachdenklich hätte stimmen müssen. Nichts war da — und alles war da. Die Lebensmittelrationen langten kaum zu Appetitbissen aus — aber die meisten Leute aßen sich satt. Woher? Wieso? Mit welchen finanziellen Mitteln? Rätsel. Wer es als Fremdling und Außenseiter damals miterlebt hat, zerbricht sich noch heute den Kopf darüber. Alles was er weiß, ist, daß er selbst hungerte, wie das Gesetz es befahl.

Er strich durch die Straßen mit einem Unbehagen, das »Angst« zu nennen unerlaubt wäre, da er sich doch daran gewöhnte, daß er nicht da zu sein hatte, eine »Unperson«, wie man das heute in anderen Zusammenhängen nennt. Er fand sich bald zurecht im Kauderwelsch und der Semiotik der Besatzer. Das »WH«, das auf gewissen Militärwagen der Nummer voranging, übersetzte er zunächst mit »Wehrhoheit«, was ihm aber blöde vorkam, so daß er schließlich begriff, es könne nur »Wehrmacht-Heer« heißen. Und »WL« war demnach Wehrmacht-Luftwaffe; und »WM« selbstverständlich Wehrmacht-Marine. Gar kein Übersetzungs- bzw. Deutungsproblem stellte »POL«. Es hieß Polizei, natürlich. Und sah man ein solches Auto, drückte man sich in ein Haustor oder betrachtete angelegentlich ein Schaufenster, das nichts zur Schau stellte. POL — aber das ist eine Sache, von der hier nicht gesprochen werden soll. Gestapo, Menschenfang, Menschenvernichtung: man kennt das weitum und tut am besten, darüber zu schweigen.

Der Unerwünschte, ja nunmehr schon eigentlich Unerlaubte, da seine Existenz für jedermann nur Ärgernis war – Ärgernis, das man aber nicht schluckte, sondern konvertierte in schnellste und irreversible Tat –, konnte auch nicht ewig durch die Straßen streichen, in proletarischen Cafés ein schwarzes, übelschmeckendes Eichelgebräu trinken, konnte und mochte auch nicht daheim sitzen, wo man nie sicher war, wer an die Türe pochte, wurde es müde, den Gesprächsfetzen der Herren und Gebieter zu lauschen – etwa: jestern hat die Frau 'n Kuchen jeschickt –, fand auch keine rechte Freude mehr an der versunkenen Betrachtung schwarzgoldener Firmenschilder – Comptoir des Soies Lyonnais, Société Anonyme –, war es leid, die Überschriften der Zeitungen an den Kiosken zu lesen, da ohnehin nur von Katastrophen berichtet wurde, fand nicht einmal die doch de facto zurückgewonnene Holdheit wieder, teerotes Haar, weiße Sommersprossenhaut, bläuliche Schläfenadern: der Holdheit waren die Grenzen des bedrohlich Öffentlichen gesetzt, so wagte kaum die Hand über ein Knie zu streichen. Es blieb in manchen Stunden nichts als die Asylsuche in irgendeinem Kino. Dort war es dunkel, suspekte Gesichtszüge wurden nicht ausgenommen, man sah weder WH, noch WL, noch gar POL. Es waren kleine Kinos, wie sie heute im TV- Zeitalter lange schon verschwunden sind, sogenannte »Cinémas du Quartier«, in denen die Tonanlage zwar mangelhaft war, dafür aber das Eintrittsgeld gering. Man spielte die Filme der triumphierenden Besatzungsmacht, die anscheinend drauf aus war, den unterworfenen Völkern ihr Kulturgut als Legitimation vorzuweisen, mit Christina Söderbaum abzugelten, was man dem Lande an Gemüse wegaß. So hatte der Außenseiter und Abgetane die zwar unerwünschte, später aber sich bezahlt machende Chance, seine ohnehin schon erhebliche Kenntnis der Geistes- und Kulturgeschichte des Dritten Reiches zu erweitern. Die Filme liefen zumeist in französischer Synchronisierung mit flämischen

Untertiteln, was sie bis zur Unwahrscheinlichkeit verfremdete. Gründgens, die Hoppe, jene schon erwähnte Söderbaum, die man unter Deutschen die »Reichswasserleiche« nannte, weil ihre ergreifenden Geschicke oftmals ein Ophelia-Ende fanden, Werner Krauß, Mathias Wieman, Paula Wessely – sie sprachen also französisch von der Leinwand, wodurch ihnen viel Drohendes genommen wurde, so daß man sie nicht unbedingt mit den POL-Autos assoziieren mußte. Nicht alle Filme waren schlecht. Die »Goldene Stadt« zum Beispiel, ein in Prag spielendes Kinodrama, war äußerst wirkungsvoll und blieb noch lange danach dem Beschauer von 1941 im Gedächtnis. Von geradezu infernalischer Wirkungskraft war der rechtswidrig aus dem Feuchtwanger-Roman destillierte Film »Jud Süß«. Der Hof- und Finanzjude, gespielt von einem Manne namens Marian, war ein so durch und durch schlechter Kerl, ein Schwindler, Lüstling und feiger Prahler, daß am Ende das verständnisvolle Publikum der Belgier mit einem beifälligen Murmeln zusah, wie man den Mann in einem Käfig hochzog, eine Falltür kunstreich öffnete und nur noch seine im Leeren baumelnden Füße zu sehen waren. Gut geheult, Wölfe und anderes Raubtier, dachte der Fremde; ich habe es nicht anders erwartet. Ich habe euch in mir, kenne euren kalten Haß, der leicht und glatt sich in brillante Tricks verwandelt. So filmt und schreibt ihr! So seid ihr, wart ihr und werdet sein in alle Ewigkeit. Darauf blieb er sitzen, um noch die deutsche Filmwochenschau zu sehen. Unermüdlich zeigte sie, wie zur Begleitung einer sich stets wiederholenden dramatischen Marschmusik von den Flugzeugen mit dem deutschen Kreuz die Bomben sich lösten, die auf russischer Erde als feurige Blumen aufgingen. Gut gewütet, Herren der Erde, dachte er weiter und: kein Zweifel, daß ihr siegen werdet. Worauf das Kino verlassen wurde und man sich anzustellen hatte vor einem kleinen Laden, dessen flämischer Inhaber, ein nach Brüssel zugereister Bauer, auf jeden Fall und zu jedermann deutsch sprach, zu zeigen, daß auch er ein Germane und damit schon ein halber Sieger und Welteroberer sei. »Witte kool als't U belieft«, sagte der Käufer, als endlich die Reihe an ihm war. Weißkohl, antwortete der Gemüsehändler unwillig und reichte ihm über den Ladentisch ein Kohlhaupt. Die Nacht bricht ein. Es ist Oktober: jener kalte Oktober, in dem die Deutschen vor Moskau plötzlich auf der Stelle treten. Es gibt Hebräer, die der amtlichen Verordnung, nach 20 Uhr die Wohnungen nicht mehr zu verlassen, zu fügen sich verweigern. Sie gehen durch die sorgfältig verdunkelten Straßen eiligen Schrittes, als hätten sie Ziele. In Wahrheit ist es einem nur ums Gehen zu tun und um die Provokation. Feldgendarmen, groß, mächtig in fettgepolsterter Muskularität ihre Körper als Kraftquelle spürend, treten dröhnender auf als ihre infanteristischen Kameraden. Man geht an ihnen vorüber, verlangsamt den Schritt, blickt ihnen allenfalls sogar kühn in die Augen. Man hatte zerfleischende Angst und sagte sich: ich fürchte mich nicht. So ist man Sieger inmitten der Niederlage.

Mit dem unerwarteten Stop der deutschen Truppen vor Moskau und dem erwarteten Kriegseintritt der Amerikaner nach Pearl Harbour kamen auch den Belgiern Zweifel am deutschen Endsieg. Wer gute Rundfunkempfänger besaß, der lauschte den Spätsendungen der BBC. Da und dort sah man auf den Mauern der Häuser den mit Kreide hingeschriebenen Buchstaben »V«, der für »Victory« stand; Phantasievolle setzten dem »V« ein Hütchen auf, das an die flachen Stahlhelme der Engländer gemahnte. Man konnte Klebezettel sehen, deren knappe Sätze zum Widerstand aufriefen, manchmal sogar deutschsprachige. Einer von diesen hieß: Kameraden! Hitler brachte uns für vier

Mann ein Brot, in Rußland den Tod! Das war der genaue Sachverhalt, aber er wurde von denen, die es anging, kaum beachtet. Die Masse der Wehrmachtsmänner war in ihrem Glauben an den Führer unerschüttert, denn immer noch und auf lange Zeit hin konnten sie in ihrer »Brüsseler Zeitung« nur Siegesnachrichten lesen. –

Währenddessen gewöhnte sich die Stadt an des Unterdrückers Anwesenheit: zugleich aber ging sie auch in ihr zugrunde. Der Grundcharakter Brüssels, seine behäbige Bürgerlichkeit, konnte dort nicht mehr sich bewahren, wo mehr und mehr Einwohner sich mit dem Schwarzmarkt befaßten, wo die Universität wegen Aufsässigkeit von Professoren und Studenten geschlossen war, wo Deutschland sein Siegel aufprägte: den mit waagerecht ausgebreiteten Flügeln im Fluge erstarrten Reichsadler. Auf der »Place Royale« mit dem Denkmal Gottfried von Bouillons, einem besonders noblen und altmodisch-gediegenen Platz, auf dem es Großbanken gab und »Old England«, das vornehmste Warenhaus der Stadt, stand auch das Ministère des Colonies. Der Name prangte in großen Lettern über dem Haupteingang, vor diesem aber stapften deutsche Wachtposten auf und nieder, denn nicht mehr der Kongo wurde dort von belgischen Administratoren verwaltet, sondern ein wie Mehltau über der Stadt lagerndes deutsches Brüssel von den Offizieren der Hauptstadtkommandantur. Am Ende der in königlich-ruhiger Würde sich bis zum Stadtwald hinziehenden Avenue Louise erhob sich eines der wenigen Gebäude, die man damals in gutem Glauben großsprecherisch ein »Hochhaus« nannte. Jedermann wußte, daß dort die Geheime Staatspolizei ihr Hauptquartier aufgeschlagen hatte, noch wenige waren aber sich bewußt der Schrecken, die schon damals in den Kellern dort vor sich gingen. Man mußte von weither aus dem Adlerreich gekommen sein, um die Raubvogelkrallen zu fühlen, noch ehe sie zugriffen. War man aber von dorther, machte man sich nichts vor. Man hastete durch die im frühe eingebrochenen Winter menschenleeren Straßen, und dann und wann mit leichten Päckchen unterm Arm, das konnte Brot enthalten, Kartoffeln, Weißkohl – oder ganz anderes. In den Nächten umschlich man die Kaserne, horchte wildschlagenden Herzens auf den Tritt der Wachsoldaten: wenn dieser sich im Dunkel dann verlor, ließ man leise raschelnde Papierblätter fallen, die waren dicht bedruckt. Der Unerwünschte glaubte zu keiner Stunde an die Wirksamkeit der windigen und vom Winde bald auch verwehten Blätter. Nur meinte er, daß er, wenn er sie verstreute, unter der Nase der Eroberer etwas tue – und noch das dümmste Tun erschien ihm besser als das müßige Warten darauf, daß das Messer sich aus dem Gerüst löse und falle. Kam er heim, erwartete ihn immer noch die Holdheit, deretwegen er aus dem guten Süden Frankreichs über viele Wiesen, durch manches Tal, manchen Fluß hierher gekommen war. Man redete dann im verdunkelten Zimmer im Bett, da nur dieses und der andere Körper Wärme spendete, in der Sprache der elenden Heimat. Noch hatte man ja das Vergangene nicht abgeschüttelt, noch nicht alle Fäden zerrissen, die einen verbanden mit den Ursprüngen. Aber Ur war nicht Ur in diesem Falle, das hatte man schon gelernt, und war kein rein springender Quell. Fürsorglich sprach man darum tagsüber in der Straßenbahn, in Cafés, Französisch oder Niederländisch, lieber das Erstgenannte, denn es konnte nicht ausbleiben, daß man den Flamen mißtraute. Sie waren nicht böse, die Leute aus den südlichen Niederlanden. Aber sie waren so wenig Helden wie einstens, als sie den Kampf aufgegeben hatten, den ihre Brüder in Holland ausfochten und durch ihn zur freien Staatlichkeit gelangt waren. Sie gaben sich nicht feindselig, die grobgesichtigen Flamen, nur machten sie eben von manchen Erleichterungen, die der Besatzer ihnen bot, Gebrauch. Nur die Dümmsten und Ärmsten unter ihnen traten erst der Flämischen Schwarzen Brigade und später der deutschen Waffen-SS bei. Ziemlich teuer bezahlten sie nach der Befreiung im August 1944, verhielten sich auch ein Jahrzehnt danach ruhig. Bis sie wieder sich regten, weißblonde Kinder massenhaft in die Welt setzten, mit ihrem Bienenfleiß und ihrer gehorsamen Arbeiterschaft nach dem Kriege die wallonischen Landsleute weit überholten, so daß sie heute den Ton angeben in Belgien. — 1941 war es gut, Vorsicht walten zu lassen ihnen gegenüber. Allen gegenüber. Schon war man im Begriffe, etwas zu verlieren, was man mit »Weltvertrauen« bezeichnen kann — besser gewiß so, als mit »Prinzip Hoffnung«. Brüssel, diese als Stadtbild vielleicht sanfteste aller europäischen Großsiedlungen, war auch schon Feindesland: so wie die ganze Welt. Hinter den engen Häuserfassaden wohnten zumindest harmlose Leute. Tür an Tür mit ihnen aber auch Denunzianten. So wurde zwischen dem Herbst 1941 und dem Juli 1943 Brüssel zur Stadt des Wartens auf die Katastrophe. Diese trat ein, später als erwartet, aber unausweichlich wie der Tod. Im Hause am Ende der Avenue Louise wurde nicht gefeiert: die Jäger waren wach und munter. Was für sie Wild war, das trafen sie. Ihr lieb Vaterland mochte ruhig sein.

ZÜRICH–LONDON

Blau und Weiß: dies sind die Farben, die dem aufscheinen, der seine ersten Zürich-Besuche knapp nach dem Kriege zu erinnern trachtet. Blauweiß die bequemen, in rascher Abfolge an ihren Stationen haltenden Straßenbahnen. Blau der Zürichsee, weiß die stämmigen Häuser der Altstadt, blauweiß wiederum die an klaren Tagen von den Limmatbrücken aus sichtbaren, fernen Alpen. Das sind Farben, in denen blank jene Sauberkeit aufscheint, die des Schweizers höchstes Gut ist. Herr Tell muß ein sauberes Ausschlaghemd getragen haben, der Knabe Walter Tell hatte gewiß saubere Fingernägel, der »Grüne Heinrich« war sogar in den schlechten Münchener Hungertagen ein sauberer junger Mann, zu dem ein blau-weißes Gewand besser gepaßt hätte als das grüne, das Gottfried Keller ihm anzog. Die einzigartige Verbindung von bäuerlich-älplerisch-blauweißer Sauberkeit und einer Modernität, die denn doch nicht so ganz stubenrein ist – denn niemand soll wissen, wie es getrieben wird in den Bankpalästen um den Paradeplatz –, bestimmt den Charakter der kleinsten Großstadt oder des größten Dorfes der Welt. Da steht, verlassen inmitten stattlicher Wohnblockhäuser und Bürobauten ein sehr altes, nicht nur am Dache, sondern auch an den Seitenwänden mit Schindeln ausgekleidetes Haus, aber es duckt sich nicht ängstlich, erhärtet vielmehr in Däumlings-Stolz seine außerzeitliche Existenz. Es hat ein Vorgärtchen, in dem gut sitzen gewesen sein muß, als noch nicht die Abgase der – wiederum allemal sauberen – Autos das Atmen schwer gemacht haben. Überall begegnet man den

Chiffren einer Tradition, die noch nicht abgeglitten ist in alberne Folklore. »Talacker« heißt eine im Herzen der Stadt gelegene Straße mit lauter Geschäftshäusern. Kein Tal ist zu sehen und kein Acker. Aber der Straßenname bürgt für bäuerliche Charakterfestigkeit der dort angesiedelten Firmen. »Am Stauffacher« nennt sich ein Platz, der gleichfalls eingeholt wurde vom Modernismus, der aber immerhin noch an die Gertrud Stauffacher gemahnt, die einem scheußlichen Kerl namens Geßler ein Bad hätte rüsten sollen, worauf der Lüstling Unziemliches von ihr verlangt hätt', was sie aber abwies, die wackere Person. Gott segne ihre Tugend. Und wie, so sei der Stadtfremde gefragt, heißt das Lasterviertel, dessen Hauptstraße mit ihren dubiosen Nachtlokalen und Geschäften für wohlfeile Konfektion sich oberhalb des Limmatquais parallel zu dem würdigen Flusse hinzieht in die Nähe des hochachtbaren Schauspielhauses? Keiner errät's. Die ruchlose Gegend nennt sich Niederdorf, als hätte sie aufzuwarten mit Dorflinde und Abendkanon – ist aber weit gefehlt, denn die Weiber am Brunnen tragen hohe Stiefel, erotisierende Kleider und sind zu jeder ganz undörflichen Dienstbarkeit bereit. Sie nennen sich auch, soferne sie in Wirklichkeit Vreneli oder Annemarie heißen, Odette, Paulette, Georgette, in verwelschter Verderbtheit. Die Stadtverwaltung treibt es übrigens sprachlich nicht minder ausschweifend als die liebesdienstfertigen Niederdorf-Damen, nur daß sie das solide Angelsächsisch dem windigen Französisch vorzieht. Sie benannte denn also die Innenstadt mit »City«, als sei Turicum mit seinen Zwingli, Bodmer, Breitinger irgendwo in Kansas gelegen. Die Leute wissen, woher der Wind weht und wohin man sich zu drehen hat. Der gehobene Mittelstand lebt im Wahne, er sei amerikanische upper-middle-class, sagt nicht nur O. K., was auch schon die Arbeiter tun, sondern läßt ins Schwyzerdütsch gerne ein »by the way« oder ein »well, let's see« einfließen. Warum übrigens auch nicht? Die Leute, die ihre hübschen Villen in den Ehemals-Dörfern längs des Zürichsees oder am Züriberg haben, flunkern schließlich nicht mit ihrem Englisch: sie beherrschen es tatsächlich, sowie auch das Französische und das Italienische. Thomas Mann, der Wahl-Zürcher, der vor dem Kriege in Küsnacht-Zürich und nach dem Weltkonflikt in Kilchberg seine stets gediegenen und darum nur metaphorischen Zelte aufgeschlagen hatte, war durchaus im Recht: in einigen Stellen seines Werkes und namentlich im Doktor Faustus schrieb er, für ihn sei die kleine Schweiz mehr »Welt« gewesen als der Koloß im Osten, Deutschland. Man braucht ja auch nur zum Hauptbahnhof zu gehen, um dies zu verifizieren. Zwar ist er ein pittoresk-abenteuerlicher Bau aus der Zeit der Jahrhundertwende; zwar schließt er mysteriöserweise seine Pforten um Mitternacht (wie dies auch bei den Laster-Nachtlokalen der Fall ist!), aber das Leben, das in seinen Hallen wogt, ist durchaus »Welt«, was so recht an den Zeitungskiosken sich ausdrückt. Diese sind äußerst packend für jeden Nachrichtenhungrigen. Man sieht die sauber ausgehängten Blätter, die die Welt bedeuten: von »Le Monde« bis zu hebräischen Zeitungen.

Zürich ist Bauernmarktflecken und Weltstadt zugleich: jenen kann man finden in gewissen Wirtshäusern, wo manchmal unerwarteterweise Jodler mit umkippenden Stimmen sich aus purer Freude an der guten Sache produzieren; dieser wird man gewahr in der Bahnhofstraße, einer Verkehrsader mit überaus gepflegten, schicken Modegeschäften. Den Fremden verblüfft es zunächst, wenn zierliche junge Frauen, die aussehen wie Annie Girardot, sich auf Schwyzerdütsch oder in einem vagen Hochdeutsch oder einem beängstigend ausgesprochenen Französisch, dem »français fédéral«, verständlich machen. Er denkt dann vielleicht: Du bist ja verkleidet, Vreneli, du gehörst gar nicht hierher, geh' heim auf deine Alm und melk' die fetten braunen Kühe. Am Ende aber gewöhnt man sich auch daran, es spricht doch sogar Max Frisch in diesem seltsamen Tonfall — und der hat gewiß nichts mit Almen zu tun.

Vielerlei ist da, was man erlernen muß, ehe man der Stadt und ihren Menschen gerecht wird und zugleich selber es mit beiden aufnehmen kann. Die Leute sind zumeist eher mürrisch. Dem mittleren und untermittleren Portefeuille wird höchstens strenge Gerechtigkeit zuteil. Der Fremde tut gut daran, keine verbalen Ergüsse zu erwarten und auf Charme gar nicht erst zu hoffen: so erspart er sich Enttäuschungen. Aber nicht jeder Reisende wurde in dieser Hinsicht frühgewarnt. Einen haben wir da, dem das Wort ziemlich locker sitzt — es kostet nichts; die höfliche Floskel, der kleine Scherz sind für ihn Stoßdämpfer einer buckligen Lebensstraße. Er hat in dieser Stadt beruflich zu tun, mit Intellektuellen zumal, die ihrerseits mit ein bißchen Glätte, Politur, Politesse besser vorwärts kämen, sei auch ihre Straße nicht so miserabel verwahrlost wie die des Gastes. Was aber tun sie? Sie schweigen zumeist, nachdem das Allersachlichste hinter ihnen liegt. Sie bocken geradezu vor ungeheurer Biederkeit und würden es als eine Art von Landesverrat ansehen, dem beunruhigt Vorsprechenden eine winzige Phrase des Wohlwollens zu gönnen. Er hat einem von ihnen eben ein kleines Manuskript vorgelegt, Exposé einer geplanten schriftstellerischen Arbeit. Dieser liest langsam mit bitterer und ganz undurchdringlicher Miene. Dann sagt er: »Ist recht so.« Da beginne man nun etwas mit solcherlei Beurteilung. Unsicher rückt der Zugereiste am Stuhl hin und her, versucht vergeblich, sich nach dem persönlichen Befinden des durchaus als Vorgesetzten erachteten Mannes hinter seiner unüberspringbaren Schreibtischbarriere zu erkunden oder über den neuen Roman von X verzweifelt Geistreiches von sich zu geben, wirft sogar einen hilfesuchenden Blick auf die wohlgebaute Sekretärin, die eben eintritt und schweigend eine Unterschrift verlangt, die schweigend gegeben wird. Das Mädchen muß erbarmungslos sein, denkt der Besucher, der sich unerwünschter vorkommt denn je in seinem unerwünschten Leben; die ist gewiß auch frigid, ich möchte sie nicht im Bett haben, es wäre vergebliche Liebesmüh'. Der Mann auf der richtigen Seite des Schreibtisches sagt nun noch einmal zu dem sich nervös Verkrampfenden: »'s ist recht.«

Aber w i e recht ist es? Der Nicht-Zürcher, Nicht-Schweizer, Nicht-Tourist, in jeder Hinsicht als nichtig und Nichts sich Fühlende wird es nie erfahren. Er denkt, daß das Gespräch nun zuende sei, nimmt seine Mappe, probiert es nochmals mit Höflichkeiten, von denen er meint, daß sie, da sie ja ohnehin abschiedlich sind, das Wohlwollen des Gegenübers erwecken müssen. Aber nichts wird ihm zuteil als ein in fremdartigem Tonfall ausgesprochenes Auf Wiederluege, von dem er höchst unsicher ist, ob es einen Tatbestand deckt. Will er mich wirklich wiederluegen? Ich möchte es sicher nicht, aber ich muß es, der drüben hat ja in seinem Schreibtisch die pralle Geldkatze.

Der Limmatquai, der nun abzuschreiten ist bis zum Platz Bellevue, dessen Namen die Einheimischen auf der ersten Silbe betonen, ist überaus erfrischend. Schwäne im sanft schäumenden Fluß, sie sind gewiß sehr stolz darauf, erstens Schweizer, zweitens Zürcher zu sein. Der Föhn macht das Hirn blöde und erregt zugleich. Man hat Lust, die ganze Stadt Zürich zu konsumieren. Sagte der Herr Redakteur oder Herr Doktor oder Herr Sonstwas nicht, es sei recht? Was recht ist, bringt Geld, schöne, harte Hundertfrankenscheine. Für sie und im guten Bewußtsein, man habe etwas geleistet, was »recht« ist, kann man unter den Arkaden der alten Quaihäuser eintreten in ein Wirtshaus und sich mit einem Whisky belohnen. Danach wird man im Hotel Urban, einem höchst literarischen Haus, das bei einer Zufallsbegegnung Michael Mann empfohlen hat und wo man kürzlich noch den weißhaarigen, distinguierten Alfred Polgar sah, den Herrn spielen, Trinkgelder verteilen, als sei man der leibhaftige Marcel Proust, vom Zimmer aus Ferngespräche ins Ausland führen, um solcherart das in der Redaktion stark angeschlagene Selbstgefühl aufzurichten. Telefonische Anfrage beim literarisch bewanderten Portier: Wann spricht eigentlich Thomas Mann im Schauspielhaus? Gut. Lassen Sie mir bitte eine Karte besorgen. Einen guten Platz, versteht sich, Merci. Denn in diesem gesegneten Lande sagt man nicht danke, sondern »merci«, nicht »Verzeihung«, sondern »exgüsi«. Ja, man ist aus dem Dorfe Brüssel und dem noch elenderen Nest Wien endlich in die *Welt* gekommen. Paris war nichts als Frankreich: *Zürich ist Europa*, trotz der bäuerlich-verstockten Gesichter der Leute. Sie mögen schwerfällig sein, aber sie sprechen Französisch und Italienisch – *und sie sind nicht arm*. Der Krieg, der eben erst, so vor fünf, sechs, sieben Jahren zuende ging, hat sie verschont. Aber das hüte man sich zu äußern. Verschont? Keineswegs. Es war eben so, daß man sich rüstete und das Alpenréduit zur waffenstarrenden Festung machte. Der General Guisan hat sich die Offiziere auf den Rütli geholt und ihnen in einer historischen Rede eidgenössisches Bewußtsein beigebracht. So war das. Und der Hitler hätte sich den Schädel eingerannt an den heimatlichen Felsenriffen. – Manche gibt es, die sehen es anders. »Wir Schweizer«, sagte einer von ihnen, ein schon ziemlich berühmter Mann, Architekt und Poet dazu, »haben sechs Tage in der Woche für die Deutschen gearbeitet und am siebenten für den Sieg der

Alliierten gebetet.« Solche und andere subversiven Reden kann man hören von Leuten, die noch nicht wagen, sich Linksintellektuelle zu nennen, denn kalt ist der Kalte Krieg und heiß der patriotische Wachsamkeitseifer der die öffentliche Meinung strenge diktierenden Neuen Zürcher Zeitung. Sie sagen im Gespräch im Café Odeon, das sei alles Schmarrn mit dem General Guisan und den Rütli-Schwüren. Man lebe hier überhaupt in einem elenden Lande, das sich einbilde, es könne austreten aus der Geschichte und dem tragischen Geschick der Welt. Hier ruhe man auf den Lorbeeren des Internationalen Roten Kreuzes und auf den Aktienpaketen internationaler kapitalistischer Ausbeuter. Die Schweiz – Welt? Da könne man nur verächtlich lachen! Elende Provinz sei das Ländli, und besser wäre es, ein Trümmer-Deutscher zu sein als ein selbstgefällig-spießiger Schwyzer, dies möge der Gast sich gesagt sein lassen. Er hört genau die Botschaft: der Glaube fehlt ihm ganz. Was wollen diese Leute? denkt er, die hier die intellektuellen Revoluzzer spielen und sich gottweiß Helden dünken, wenn sie dem Konformismus ihres Landes den Kampf ansagen. Wollen sie um jeden Preis in ein KZ kommen oder in ein Strafbataillon, und tut es ihnen leid, daß sie im Februar 1945 nicht den Bombenangriff auf Dresden miterlebt haben? Das bauernkluge Volk hat sich durch die Geschichte gebracht, teils mit Schläue, teils mit Mut, teils auch mit jener bockigen Undurchdringlichkeit, die den Besucher an diesem Morgen in der Redaktionsstube fast zur Verzweiflung getrieben hat. Es ist ganz gut so. 's ist recht. Die Geschichte ist eine scheußliche Ballung von Blut und Dreck, exgüsi Professor Hegel, exgüsi Herr Dr. Marx. Zur Selbstgefälligkeit ist kein Grund, zur Scham noch weniger. Beglückwünschen mögen die Stadtbauern sich getrost, daß sie nicht mit hineingerissen wurden und die Felder der Unehre in ihrer Geschichte weit zurückliegen. Sempach. Morgarten. Das genügt für das Leben eines Volkes. Dafür kann man ein bißchen Spießigkeit und die reaktionäre Rage der Neuen Zürcher Zeitung gern in Kauf nehmen. Ach, gute Leute, was wißt ihr! Zahlen bitte! Der linksintellektuelle Gesprächspartner zahlt und zählt, vorsichtig und genau. Es fällt ihm nicht ein, den Stadtfremden einzuladen zum Kaffee. Warum sollte er auch? Wie man sich bettet, so liegt man.

Es sind die frühen Fünfzigerjahre, in denen der Mann, den wir nun schon kennen, denn wir sahen ihn in Bad Ischl und Wien, in Köln und Antwerpen, in Gurs und Brüssel, die schweizerische Metropole häufig besucht, gelegentlich auch sich dort monatelang aufhält, damit man ihn in den Redaktionen nicht vergesse. Und immer noch ist kein Ende des Staunens. Zwar reden Eingeweihte schon von einem deutschen »Wirtschaftswunder«, aber wer immer da durch Deutschland fährt, sieht nicht die produzierenden Fabriken, nicht die Direktionsbüros, in denen große Pläne für die Zukunft konzipiert werden, sondern schlecht und recht zerbombte Häuser, räudige Flecken auf den Städtekörpern, die man zu Parkplätzen gemacht hat, einen widerlichen Hurenrummel in den paar neuerstandenen Straßen, wo Besatzungssoldaten sich ihren Lohn für die Befreiung des Landes vom Nazismus selber bezahlen müssen. Deutschland ist unerträglich. Paris ist glänzend arm. London hält eine Würde aufrecht, die es aus seinen großen Tagen herübergerettet hat in die kalten Regenwinter der rationierten Zimmerwärme und karg zugeteilten Lebensmittel. Selbst Brüssel, das sich doch dank des Kongo-Uraniums schnell erholt hat von der Krankheit Krieg, wirkt im Vergleich zu den schweizerischen Städten bestenfalls parvenühaft. Hier aber, in Zürich, ist alles Solidität. Uns geht es gut, sagte heute morgen der Coiffeur, aber nicht gut genug, und stolz: denn wir vergleichen uns nicht mit

Frankreich oder Deutschland, sondern mit Amerika und Schweden. Recht hat er, der Haarschneider. Die ganze Stadt, so glaubt der Gast manchmal, besteht aus Schokolade. In den Lebensmittelläden sind die Schokoladetafeln der verschiedensten Marken, die sich alle auf Alpenmilch berufen, aufgereiht auf hohen Drehgestellen, man braucht nur zu wählen. Der Gedanke, ob nicht die ganze Bevölkerung an Konstipation leiden müsse bei solchem Schoko-Verbrauch, stellt sich ein. Nicht doch. Die Apotheken preisen in Fülle Garantien für wohltuende Defäkation an. Sie haben überhaupt alles, diese Zürcher Pharmacien: vor ihnen ist das Weltleid eine Sache von gestern und zudem unschweizerisch. Sieh dir die Schaufenster an und du wirst begreifen, daß Magenschmerzen, Herzbeschwerden, Hämorrhoiden und was es sonst geben mag an Leibeslast, aufgesogen wurden von der Tüchtigkeit der schweizerischen Pharmakologie. Angoisse? Existentielles Gefühl der Geworfenheit? Das ist welscher Schnick-Schnack oder die Erfindung des Schwob', des Deutschen. Hierzulande wird man fertig mit dergleichen. Unmittelbar teilt dem Stadtbesucher dieses Gefühl der Sicherheit sich mit. Gut wohnen muß sein in der weiß-blauen Stadt: ihr Kantonsspital ist das beste der Welt, ihre Konfektion die solideste, ihre Zeitung die verläßlichste. Hier gibt es kein Kriegsgeschrei, nur würdige Ermahnungen, es mit der Mäßigkeit zu halten im Politischen, zugleich aber auch dem Weltfeind Kommunismus zu zeigen, daß man mit ihm auf faule Kompromisse nicht eingeht. Auch dies gehört zum Reichtum Zürichs: daß er zwar nur sicher ist im Schatten des Großen Bruders USA, daß er sich aber seiner selbst nicht schämt. Wir sind wir, drum brauchen wir dies nicht einmal zu sagen, sondern dürfen, wenn der Fremde anpocht und sich anbietet als Barspieler, Haarkünstler, Strichjunge oder Zeilenschinder, mit bockiger Biederkeit schweigen, und wenn wir schon sagen »'s ist recht«, ist die knappe Rede mehr als genug.

Sie ist das wirklich: dies lernt der seine Manuskripte geduldig an den Mann bringende Fremde in diesen ersten Fünfzigerjahren. Er erfährt, daß hinter der bäurischen Mißtrauens-Physiognomie viel Wohlwollen steckt und vollkommene Verläßlichkeit. Wenn diese Leute ja sagen, ziehen sie die Zusage nicht später wortreich wieder zurück. Man kann mit ihnen arbeiten, ohne jemals Schriftliches verlangen zu müssen. Sie flößen à la longue ein Vertrauen ein, das nicht zu revidieren ist. Sie sind pünktlich wie ihre Züge, geschickt wie die Piloten und die braven kleinen Hemdenmacher, die sich nicht zu gut sind, Reparaturen anzunehmen, so daß unter ihren emsigen Händen aus dem Hintern der Kragen wird. Natürlich sind sie auch Großhändler mit Mordwerkzeug. Hinter dem sorgsam von ihnen gehüteten Bankgeheimnis verbirgt sich die ganze menschliche Tragödie: der Sieg im ungleichen Kampfe zwischen dem kleinen Sparer und dem Supergauner gehört allemal diesem dank des mit schweizerischer Gründlichkeit verwirklichten Wahrspruchs pecunia non olet. In Zürich stinkt das Geld nicht. Im Gegenteil. Es verbreitet wohlige Düfte nach Schwarzwaldtorte mit Kirsch, wenn man in einem der Lokale sitzt, die in diesem Lande Tea-rooms genannt werden. Angenehm riecht es nach Bohnerwachs in den Hotelhallen, erfrischend nach Druckerschwärze an den Zeitungsständen, belebend nach Liebesleib und Puder in den niederdörflichen Lastergrotten, nach Wald und Moos in den Gärten der Ausflugswirtshäuser am Greifensee. Zürich ist in diesen Jahren bereits, was andere europäische Städte erst eine Dekade später werden sollen: stadtbildlicher Ausdruck der Wohlstands- und Überflußgesellschaft. Stadt, ganz schlicht gesagt, des Geldes. In Paris darf man arm sein, es gehört fast zum bon ton.

In London muß man es sein aus staatsbürgerlicher Verpflichtung. In den deutschen Städten ist man es ganz einfach so – ohne Darf und Muß. In Zürich aber ist es sozusagen polizeiwidrig, als Schnorrer aufzutreten, drum läuft man dem Franken nach, er ist die metaphysische Rechtfertigung der Existenz. Der fremde Gast beneidet, bewundert, liebt, verachtet, verabscheut, verehrt die Schweizer und fühlt sich wie unter einer Dusche, aus der das Wasser abwechselnd brühheiß und eiskalt sprüht. Euphorie, Depression. Seelische Fremdenverfassung: niemals wird man die grämlich-zufriedene Biederkeit jener Leute erlangen, von denen man nicht begreift, daß mitten unter ihnen große Psychologen und tragische Psychopathen sich bewegen. Irgendwie steht hinter dem Idyll die Dämonie. A guet'n, sagt die Serviertochter und kredenzt die wohlfeile Wurstmahlzeit. Das Essen sei »währschaft«, hat man vernommen. Es ist nur grob und überfüllig. By the way, meint ein befreundeter zürichkritischer Herr Doktor Sowieso – by the way, es ist eben das Bäurische dieses Volkes, das sowohl seine Selbstzufriedenheit wie seine neurotische Verfassung und seine Dämonie bedingt. A la bonne vôtre, Sie müssen noch viel dazulernen, um das schweizerische Wohl und Wehe richtig zu sehen. »Merci vielmalen«, dankt die Kellnerin ungerührt. Und nun über den Limmatquai zurück ins Hotel Urban, wo in besseren Tagen Klaus Mann abzusteigen pflegte. Morgen wird man einen Abschiedsbesuch machen, eine Villa in Kilchberg von ferne sich ansehen. Wie gut, daß man ein Anonymus ist, der keine Legitimation hat, dort vorzusprechen. Der ewige Zaungast will das Geheimnis nicht lüften: der große Mann bleibe unberührt, unbefleckt, selbst scheuer Ehrfurchts-Aufblick könnte ja entdecken, was bedeckt zu sein begehrt.

Ein Agent schlägt vor: Sie kennen die Stadt und die Sprache, sie waren häufig dort, warum sollten Sie es nicht mit *London* versuchen? London. Man soll nie lange überlegen: springen Sie gütigst über Ihren Schatten. Ich kann nichts versprechen, leider. Aber tun Sie sich ein paar Monate dort um, schicken Sie Artikel über Politisches und Kulturelles, Sie dürfen damit rechnen, daß alles publiziert wird. Von Fixum kann leider die Rede nicht sein. Frei ist frei, und frisch gewagt ist halb gewonnen. Gehen Sie hinüber. Doch nicht als Tourist, wie Sie es bisher taten. Mieten Sie sich ein, als gelte es, das Leben dort hinzubringen, schnuppern Sie den Alltag, anders können Sie auch vom Drama und der allgemeinen kulturpolitischen Lage nichts verstehen. Haha, ich sehe Sie schon mit Bowler und Schirm! Warum nicht ein zweitesmal emigrieren? Unter uns und ohne Anmaßung gesagt: was hält Sie eigentlich in Brüssel? Wenn Sie doch ohnehin nur für die Schweiz arbeiten, sich aber in Zürich, gottweiß warum, nicht ansiedeln wollen, dann lieber gleich in die große Welt hinaus. Und das wichtigste: London, im Gegensatz zu Paris, ist billig. Man kann für geringes Geld kleine Wohnungen mieten. Also nicht erst lange gezögert — — und hopp, über den Channel!

Jedennoch, mit hopp geht es nicht. Man muß sich einschiffen in Ostende, was eine weitläufige Prozedur ist, wenn man mit dem Wagen anreist, dem lieben guten alten Tier, Standard Eight Saloon, kleines hochbeiniges Gefährt, Baujahr 1949. Noch verkehren nicht die nachmals so bequemen Car-Ferries, also wird das Vehikel auf abenteuerliche Weise, so daß der Besitzer um seine liebste Habe bangt, mittels eines Krans auf Deck gehoben; dort nimmt es sich sehr arm aus, man meint, es müsse frieren in der kalten Seeluft. Der Reisende fühlt sich, wie stets, wenn er die vier Stunden Seefahrt hinter sich bringt, als

Weltbefahrer. Es geht langsam genug. Zuerst die belgische Küste entlang, dann jähes Abbiegen nordwärts, so daß nunmehr wie auf richtiger Meerfahrt kein Ufer mehr in Sicht ist. Das stampft im Maschinenraum, das zischt und gischt, als wolle es sämtliche Beschreibungen von Meerüberfahrten bestätigen. Es ist ein belgisches Boot mit dem stolzen Namen eines Mitglieds der heimischen Dynastie. Die Mannschaft ist flämisch, spricht aber das Englische geläufig wie die Muttersprache. »What's yours, Sir?« fragt der Barmann. Wer seinen Drink bestellt, fühlt sich schon halb als Brite, Figur aus einer Erzählung von Somerset Maugham, He, auf vom Barstuhl und hinausgelugt! Da sind sie wieder, die White Cliffs of Dover. Stets erneuter ehrfürchtiger Schauer vor der stolzen Insel, an der vor kaum mehr als zehn Jahren die Macht des deutschen Europa zerschellte. Dover, one of the Cinq Ports, Dubris portus. Hier ziemt es sich, straffe Haltung anzunehmen, die Hände aber nicht an die Hosennaht gepreßt, sondern an gestreckten Armen zu Fäusten geballt.

Jegliche Erhebung und Erbauung wird roh gestört durch den Immigrationsbeamten, der schon in Ostende das Schiff betrat. Er lädt jeden einzelnen Reisenden in seine Bürokabine, daß er Rede und Antwort stehe: Zweck des Aufenthaltes, Adresse im Lande, allenfalls Garantie britischer Staatsbürger. Lust kommt auf zu sagen: You see, I intend to murder the Prime Minister. Aber da doch der Beamte mit umständlicher Höflichkeit und gehaltenem Ernste seines albernen Amtes waltet, läßt man's bleiben und gibt erschöpfende Auskunft. Die Landung geht dann ziemlich glatt vonstatten, auch der Wagen ist da, lächelt mit den liebevoll gefletschten Zähnen seiner roten belgischen Nummer. Achtung! Keep left! Links halten, um Gottes willen; es dauert immer wieder ein paar Stunden, bis man sich daran gewöhnt. Folkestone, Canterbury, noch muß man ja die alte Straße benutzen, »M 1«, die bescheidene Autobahn, wird erst viel später fertiggestellt sein. Wie gemächlich sich die hiesigen Autofahrer doch benehmen! Sie geben dem Fremden, von dessen verwilderten Fahrtsitten sie überzeugt sind, freundlich herablassende Handzeichen, wenn es ums Vorfahren geht. Unwillkürlich paßt der Angekommene sich dem Fahrtrhythmus des Landes an, legt sogar sein Gesicht in die hochmütig-fairen Falten des rechten Gentleman. Auch weiß er, daß man die Gegend Südenglands, durch die er gemächlich rattert, den »Garden of England« nennt; wer würde wohl einen Garten durch unziemliche judäo-germanische Hast aus seinem friedlichen Halbschlaf wecken wollen? Wiesen, Schafherden, Hecken, weite Parks, in denen Schlösser sich verbergen, sauber gehaltene Farmen, die man durchaus nicht mit dem Worte »Bauernhäuser« fälschend übersetzen darf. Je näher man der Hauptstadt kommt, desto dünner und unansehnlicher wird der Garten, desto häßlicher und auch verwahrloster greift die Industrielandschaft aus. Wälder der Gestänge, Wiesen von Zement, Kanäle anstelle der Flüsse und Bäche. Peripherie der Riesenstadt Groß-London mit ihren über acht Millionen Einwohnern. Hier soll man leben, denkt der Fremde, ausgerechnet hier, wo man doch einst den Wiener Kahlenberg in kurzer Trambahnfahrt hat erreichen können, die Prater-Auen, die Donaulandschaft.

Geduld, es wird besser werden, schließlich ist man nicht zum erstenmal hier. Warum eigentlich das Erstaunen? Die Antwort wird leicht: weil England in diesen Tagen für den Kontinentaleuropäer immer noch eine *andere Welt* war, weiter entfernt vom doch so nahen Brüssel als New York. Hier ist etwas anzutreffen, das man nirgendwo anders hat kennengelernt: die imperiale Größe, verbunden mit vollkommen trostloser Armseligkeit. Während der Ankömmling die Vauxhall-Bridge überquert, um nach dem Norden der Stadt zu gelangen, wird ihm klar wie jedesmal, wenn er London besucht, daß diese Stadt sich als das Zentrum einer Welt versteht, die es zwar beherrscht, von der sie sich aber nicht angehen läßt. Es ist ein schreckliches Mißverständnis, und Großbritannien wird schwer bezahlen dafür, daß es seinen weltpolitischen Niedergang nicht begriff, da noch Zeit gewesen wäre, den jähen Sturz ins Leere aufzuhalten. — Gleichviel, so stand es um die Gemütsverfassung der Briten im Jahre 1955. Die Armut, in der das Volk lebt, ist vertraut aus dem Kriege. Das trotz einer vorgeblichen Labour-Revolution erschrekkende Klassengefälle wird ganz offensichtlich hingenommen wie ein Naturgesetz. Keine der schäbigen, verhutzelten Arbeiterfrauen, deren einziger Freund und einzige Freude die Zigarette ist, stellt die Bentleys und Jaguars der Oberklasse in Frage. Wenn in den »Pubs« die Leute von einem Lord sprechen, senken ihre Stimmen sich in Ehrfurcht. Droben in »Golders Green«, scherzhaft auch Goldstein-Green genannt, sagt eine ältere jüdische Emigrantenfrau zu dem Manne, der in dieser Gegend ein Hotel für eine erste Übernachtung sucht und hierbei mit der abgearbeiteten Person ins Gespräch kam: Die hier haben sich ihre Leute gut dressiert. Und dressiert erscheinen in der Tat dem Gaste die Stummfilm-Figuren, die schweigend vor den Bus-Haltestellen Schlange stehen, schweigend ihr Bier trinken, schweigend in den Lyons-Restaurants ihre bis zur Ekligkeit dünnen und gewürzlosen Mahlzeiten essen, schweigend in blödsinnige Zeitungen wie »Evening News« starren, schweigend und leeren Blickes, aber stets straff und eilig, als sei die Welt ein Kasernenhof, ihren Arbeitsstätten zustreben. — Wer freilich genauer zu schauen weiß, erkennt alsbald, daß dieses schweigende Stehen, Trinken, Eilen, Streben seine besondere, mit keiner anderen Haltung zu vergleichende Würde hat. Mit schweigender Würde und der von der Jüdin aus Golders Green nur teilweise durchschauten Dressur haben diese Leute den Krieg gewonnen. So überstanden sie »The Blitz«, die fürchterlichen deutschen Bombenangriffe 1940. So siegten sie über die Wüstenfüchse bei El Alamein, so standen sie, eng aneinandergedrängt, auf den überbeladenen Landungsschiffen, die sie im Juni 1944 an den tödlichen Strand der Normandie schafften. Sie hatten es zustande gebracht, die unbegreifliche Synthese von Kadavergehorsam und Würde zu verwirklichen. Sie schaffen es jetzt, phlegmatisch unterzugehen.

Denn, kein Zweifel, Großbritannien hat sich 1940–1945 zu Tode gesiegt. Der Fremde, der nun in einem mönchischen Hotelzimmer sitzt und shilling um shilling in den Schlitz des automatischen Öfchens wirft, um sich ein wenig zu erwärmen nach langer Fahrt, weiß das seit 1950, als er zum erstenmal über den Kanal ins Land gekommen war. Es ist ihm dennoch heute so nah, es *geht* ihm so nahe wie damals. Ein Bild steigt auf, das blank ist wie am Tage seines Ursprungs: 15. April 1945, Bergen-Belsen. Ein Jeep fährt ein in die Unterwelt. Ein MP-Sergeant mit roter Mütze, rötlichblondem Bärbeißer-Schnurrbart, läßt sich durch einen Lautsprecher vernehmen: Von diesem Tage an steht das Lager unter dem Schutz der Streitkräfte Seiner Britischen Majestät. Ein jeder Schattenmensch fühlte sich direkt angeredet von dieser Majestät. Ein jeder, der noch einen Funken Leben hatte, vergoß oder verdrückte ein paar Dankestränen. Noch ein shilling für den falschen Kamin mit seinen angeleuchteten Scheiten aus Kunststoff. Das Gefühl der Dankbarkeit ist unverlierbar, darum hat man auch den wackeligen englischen Kleinwagen gekauft und nicht den unzerstörbaren VW, wie die Ökonomie es geboten hätte. Warum nicht wirklich

hier verspätet Wurzeln schlagen? Unsinn, der Mensch ist kein Baum. Es geht nicht um Wurzelwerk, nur um einen Aufenthalt von vielleicht ein paar Jahren. Morgen wird man sich auf Wohnungssuche machen. Jetzt ist das Wichtigste, aufzukommen gegen die näßliche Kälte, die sich ins Mark setzt. »Hot water-bottle«, brühheißer Tee. Das ist zu haben im kleinen Hotel in Golders Green. Daß die Leute keine vernünftigen Heizanlagen haben, dürfte mit der protestantischen Ethik zusammenhängen: du bist auf der Welt, sündiges Menschentier, also friere, der eifrige Gott des Alten Testaments kennt kein Erbarmen.
Die Wohnung ist bald gefunden. Zimmer, Wohnküche in einem alten Haus in Hampstead mit ein paar Vortreppen und sinnlos den Eingang rahmenden Säulen. Hier läßt sich hausen. Die Miete ist gering nach kontinentaleuropäischen Begriffen, der Komfort – ist es nicht eine Ironie, daß dieses Wort aus dem Englischen kommt? – gleichfalls. Hier heizt man mit Gas, das der Luft den Sauerstoff entzieht, so daß man beim Lesen und Schreiben an der Maschine in eine Art von euphorischer Betäubung verfällt, die durch erhöhten Alkoholgenuß, für den man immerhin die Kälte-Ausrede hat, sich noch verdichtet. Geht das ein in den Text? Die Herren in Zürich mögen es beurteilen, sehr weit hinaus über die Grenzen des lieblichen Kantons ZH reicht das Wort ohnedies nicht, das man hier in Hampstead zu Papier bringt. – Die Stadt wird nach Schreibenswertem abgesucht. Da ist die Trümmerlandschaft rund um die St. Pauls Kathedrale. Nur hat man im Sauberland über Trümmer schon genug vernommen, so daß das Thema gewiß schlecht verkäuflich ist. Unerschöpflich ist allerdings Soho mit seiner Dreigroschenoper-Atmosphäre. Es läßt sich manch flink Geschicktes über den erotischen Untergrund schreiben, denn noch stehen wir lange vor der sexuellen Revolution, lange auch vor dem »swinging

London« der Sechzigerjahre; noch hört man nichts von Carnaby Street, den Beatles und dem rührend-mageren Hündchen, das unter dem Namen »Twiggy« eine Weile lang mysteriöserweise das weibliche Schönheitsideal vorstellte. Auf nach Soho denn: Berichte über gewisse Zeitungsläden, wo man nicht nur die Girlie-Magazines mit ihren erschreckend vulgären, nackten Dienstmädchen verkauft, sondern wo es in den Schaufenstern auch handgeschriebene Affichen gibt wie diese: »Körperliche Züchtigung. Wer immer an diesem höchst erregenden Gegenstand interessiert ist, wende sich an ...«; »Vorurteilsloses Paar sucht gleichgesinntes für fröhliche Abende«; »Lehrerin für Französisch, üppig und energisch, sucht gehorsame Schüler«; »Gladys does everything you never dreamed of, please call ...«. Hier fehlt es an nichts und das gibt einen Artikel »London, erotisches Weltzentrum«. Hingegen mögen über Sohos gastronomische Köstlichkeiten, die italienischen, französischen, indonesischen, balkanesischen Restaurants andere sich was aus den armen, verödeten Hirnen pressen; die Faktengrundlage für derlei Berichte ist ein zu teures Vergnügen für einen, der in »Swiss Cottage« in kleinen jüdischen Gaststätten Genießbares entdeckt hat von langer Hand her. Am besten ist es, man hält sich an den Geist, die wohlfeilste Ware dieser Erde. Man stöbert bei »Foyles«, der Super-Buchhandlung. Auch bei »Smith« sieht man sich um, wo es die vielen billigen Taschenbücher gibt. Die »Angry Young Men«, jene einzige geistige Bewegung der Nachkriegszeit, die von England in die Welt hinausstrahlte, sind gerade an der Tagesordnung. John Osborne, Colin Wilson, Kingsley Amis, John Braine. Sie wollen alle Schluß machen mit den Restbeständen viktorianischer Sozial- und Geisteshaltung, blicken zurück und voraus im Zorn, nicht ahnend, daß sie fünfzehn Jahre danach gediegene Reaktionäre sein werden. Man liest sie in ihrer Welt, versteht sie gut, wenn man in der City die Geldfestungen sieht und ein- und ausströmend, mit ihren enge eingerollten Regenschirmen, die Herren, die als Vereinsabzeichen die »Financial Times« mit sich tragen. Aber sie sind alle – die Zornigen wie die Einverstandenen – nur noch Träger abgetragener Rollen: der Zorn hat keinen wirklichen Gegenstand mehr, die Gezeiten der Finanzen haben sich schon von der Insel zurückgezogen wie eine Ebbe, auf die keine Flut mehr folgt. Der Gast wandert durch ein Totenreich, kann nicht begreifen, daß die guterhaltenen Leichen in den Straßen, den Pubs und der Untergrundbahn, die hier »tube« heißt, ihren betrüblichen Zustand nicht erkennen. Schon ersteht auch in der kleinen möblierten Wohnung in Hampstead Heath ein neuer Essay: »Gibt es geschichtliche Gerechtigkeit?« Er handelt von Englands historischem Geschick. Werden die Sünden der Völker gerächt? Jenen drüben wird niemals mehr ein Reich blühen, ein Reich von Pickelhaube, Hohenzollernhelmbusch, Börries von Münchhausen-Versen und Hakenkreuz am Stahlhelm; diese werden heimgesucht für das, was sie anrichteten unter anderen Sonnen mit Kipling-Arroganz, Offiziers-Stick, mit der unausdenkbaren Brutalität ihrer Handelskonquistadoren. Konklusion: es steht trotz Ostindischer Kompagnie, trotz gewalttätiger Herrschaft über die Meere, trotz Dickens-Elend in London der Brite in besserer Haltung vor dem weltgeschichtlichen Gericht als der Deutsche. Denn, so endigt der Aufsatz, es haben die Engländer ihre Inder und Neger, ihre gelben und braunen Sklavenvölker nicht verheizt; sie verstehen sich ja auch nicht auf die Konstruktion von Gasöfen.

Im Laufe der Monate beginnt der Fremde sich auf eine ihm unheimliche Weise zu assimilieren. Er trägt heidefarbene Tweedanzüge. Er schlägt in den »Times« oder im

»Manchester Guardian« wahrhaftig zuerst die Seite mit den »Home News« und den »Commonwealth News« auf, ehe er die ziemlich dürftigen Berichte über das, was bei den Wilden, Franzosen, Italienern, Deutschen sich ereignet, flüchtig durchsieht. Er löst sich vom Kontinent. Er nimmt Europas Küsten nicht mehr aus. Frankreichs Ministerpräsidenten und Konrad Adenauer sind ihm gleichgültig; schon weiß er mehr über die Reste von Commonwealth und Empire als über Belgien und Holland; schon meint er, Arnold Toynbee und C. P. Snow seien wichtiger als Sartre und Merleau-Ponty. Nicht einmal den Yorkshire-Pudding schiebt er mit Ekel von sich wie in den ersten Wochen seines Aufenthaltes. Mit Befremden verspürt er, wie er sich verliert an diese untergehende Welt, ohne daß er sie damit gewänne. Er hat Monate hier verbracht, ohne daß er auch nur ein einziges Mal bei einer englischen Familie zu Gast gewesen wäre. Wundern Sie sich nicht darüber, sagt ihm ein Mann gleichen Ursprungs und verwandten Schicksals, ein Kollege, der für deutsche Zeitungen korrespondiert. Seien Sie nicht erstaunt. Ich war jung, als ich hierher kam. Ich war in der britischen Armee. Die Sprache spreche ich akzentfrei. Lauter freundliche Nachbarn sind um mich, aber ich habe keinen einheimischen Freund. Dieses Land hat Hitler standgehalten: es wird sich von Ihnen nicht erobern lassen. Gehen Sie zurück auf den Kontinent, schon morgen könnte es zu spät sein. – Er sitzt mit dem Kollegen im Wirtshaus »Bull and Bush« und blickt über die winterliche Landschaft von Hampstead Heath. Es ist Sonntag, eben hat er den »Observer« gekauft und sich ein paar Artikel angestrichen, die er später lesen will. Man darf lebenswichtige Entschlüsse nicht »reiflich überlegen«, wie das heißt, muß vielmehr sie schnell fassen. Die Walze der Schreibmaschine wird gedreht, die Lettern angeschlagen zum Konzert: »The end of the affair«, wörtlich nach einem Roman von Graham Greene. »Sehr geehrter Herr Doktor: Es freut mich, daß Sie mit meinen Beiträgen zufrieden waren. Rechnen Sie aber bitte nicht weiter mit Englandberichten von mir. Aus ganz persönlichen Gründen muß ich leider das Land verlassen ...«

In Dover schreien die Möwen wütend, als zögen sie rauschenden Flugs in eine Schlacht. »So, you are leaving England for good«, sagt ein gesprächiger Beamter bei der Einschiffung. Ich weiß nicht. Ich werde wiederkommen – als Tourist. Und zu sich selber: Leaving for good or for bad, I just don't know. On verra bien.

PARIS

Ein jeder kennt die Stadt, ehe er sie kennt. Nehmen wir einen Knaben aus irgendeinem beliebigen Nest irgendwo in einem deutschsprachigen Lande. Er hatte ein Lieblingsbuch: »Heimatlos« von Hector Malot, rührend-selige Geschichte eines vornehmen, infolge von Erbschaftsquerelen der Not ausgesetzten Jungen namens Rémy, der mit einem alten Zirkusartisten über Land zog und schließlich landete in der Riesenstadt, in der er, als hätte Dickens ihn erfunden, für einen sadistischen Schuft Berufsbettelei treiben mußte. Paris: eine schmutzige, kalte, zutiefst böse Stadt, voll von Unaussprechlichem, das in stets finsteren Gassen geschieht. — Ein anderer wieder las Wilhelm Hauffs Novelle »Die Bettlerin vom Pont des Arts«, und auch diesem mußte Paris als menschenverschlingender Moloch erscheinen. Dieser kannte Paris, das er nie gesehen hat und vielleicht niemals sehen wird, aus einem freundlichen Sacha Guitry-Film, so daß er, wenn der Stadtname fällt, nur blitzende Salons erblickt und geistfunkelnde Konversationen hört. Jener hat vielleicht in den dreißiger Jahren sich für den Film »Le jour se lève« begeistert. Der junge Jean Gabin, Totschläger aus Anständigkeit und Liebe, belagert von Polizeitruppen im winzigen Zimmer eines Vorstadthotels, den Browning ausschießend, bis zum bitteren Ende. Paris: Stadt der schäbigen Hotels und der crimes passionnels. Aber selbst wenn man Paris besucht hat und mehr als das: genau sich auskennt, so daß man keinerlei Mühe hat, bei der Einfahrt aus dem Norden über Le Bourget und durch die Avenue Marx

Domroy ins Stadtinnere, dann durchs Quartier Latin bis, sagen wir, zum Boulevard Montparnasse zu finden, selbst wenn es sich so verhält, ist noch lange nicht gesagt, daß man das Bild, *ein* Bild von Paris vor Augen hat. Was war, was ist Paris?

Wenn man nur wüßte, was das ist, wie man es aufgreifen kann: eine Stadt. Der geographisch-geologische Versuch taugt zu nichts, denn zwar gehen die Verwandlungen so langsam vor sich, daß man ihrer nicht gewahr wird, so daß also bleiben wird, was blieb. Doch hat noch keiner gesehen, was da so lehrreich in den Handbüchern zu finden ist. »Pariser Becken. Mulden, in denen Schichten der Trias, des Juras, der Kreide und des Tertiärs schüsselförmig ineinander liegen; die der Abdachung folgenden Flüsse fließen im Beckenmittelpunkt zusammen.« Schöne und bildlose Ordnung der Abstraktion, die mit erlebter Wirklichkeit so gut wie nichts zu tun hat, selbst wenn man weiß, annähernd und vage, welche Bewandtnis es hat mit den Tertiärformen. Kaum besser ist es um den Gewinn durch geschichtliche Einsicht bestellt. Lutetia Parisiorum. Die Römer. Die Franken. Normannische Drachenschiffe, vordringend auf der Seine. Bilderbuch des Geistes, bestenfalls. – Freilich, die Seine ist noch da, wenn auch ohne jegliches Drachenschiff, nur befahren vom bateau-mouche, dem kleinen Vergnügungsschiff, das Ehrensache ist für Touristen. Auch den aus der Geschichte geläufigen Louvre gibt es, doch zeigt er keinerlei Spuren der Bartholomäusnacht, ist vielmehr wohlgesäubert, dank der Initiativen André Malraux'. Da steht auch die Sorbonne, deren Ehrwürdigkeit einigen Schaden erlitt im Mai 1968. Und da duckt sich die Sainte Chapelle, erbaut im dreizehnten Jahrhundert, fragil und ängstlich in den schweren Schatten des von Napoleon III. errichteten Justizpalastes. Monsieur Sorbon, Louis IX., Schattenkaiser mit Knebelbart. Sie alle hat eine sehr tiefe Nacht; und was sie hinterließen, ist wieder nur Sache schaler Gelehrsamkeit. — Wo aber ist Paris?

Es sei, so beispielshalber, ein ziemlich abgerissener Mensch ohne Identitätspapiere genommen, der im Sommer 1941 die von den Deutschen besetzte Hauptstadt kennenlernte. Sie hatte nichts von einer ville lumière, denn strenge Verdunkelungsvorschriften standen in Geltung. Ein solcher Kerl wird trachten unterzutauchen, sich klein zu machen wie eine Laus, daß niemand ihn sehe, kein französischer Vichy-Polizist sich ihm nähere mit der erschreckenden Forderung »Carte d'identité«, noch gar ein aus gottweißwelchen Gründen mit einem sichelförmigen Schild vor der Brust behängter deutscher Feldgendarm, der da ganz einfach sagen würde: Halt! Der Laus-Mensch, verkrochen in einem Hurenhotel (Hôtel Chevalier de la Barre, Rue du Chevalier de la Barre, Montmartre), woselbst man Unterschlupf finden kann im Schlüpfrigen, wird sich nicht weit hinunter wagen von den Höhen des Märtyrerbergs. Seine ganze Aufmerksamkeit wird sich auf die »Place du Tertre« konzentrieren, wo Zigarettenkippen herumliegen, da die Herrenmenschen Rauchzeug in Fülle haben und großzügig sind im Wegwerfen, so freudig stimmt sie die Lustbarkeit da droben, so wohl tut ihnen des niedergeworfenen Feindes Servilität im Türenöffnen, in Umarmungen, die billig zu stehen kommen, im Anbieten hingeschluderter Aquarelle, die alle von Utrillos Gnaden leben. Der Mensch ohne Namen wird sich nur dort herumtreiben, mit Vorsicht selbstverständlich, denn der französische Staat, der den Krieg verlor, will den neuen Herren zeigen, daß er stark ist: gegen sein Volk. Und kraftvoller noch gegen das Ausländerpack, das im Pelze dieses Volkes sich kriechend seinen Platz im Schatten sucht.

War dies Paris? Ist dies Paris? Ein Fluchtbild unter so vielen. Noch einer huscht da vorüber. Ein anderer Mensch, eine andere Zeit enttauchen dem Morast aufgestockter, aber niemals ruhender Erinnerung. Der Mann ist nicht mehr abgerissen. Er trägt eine ordentliche Windjacke, erstanden aus amerikanischen Armeebeständen. Die Stadt ist frei. Papiere und Identität hat aber auch dieser Mensch noch nicht. Er überschritt, wie schon oft vordem, eine grüne Grenze ins gelobte Land des Geistes und der Liebe, weil die Beschaffung gültiger Reisepapiere — es ist Sommer 1946 — nicht unmöglich, wohl aber zu umständlich wäre für einen, der es eilig hat. Und Eile ohne Weile hat er wahrhaftig. Er kann nicht warten. Die Geliebte — bräunliche Haut, sehr helles Haar zu dunklen Augen, zierlich-schnippisches Französisch, das ihn mehr bezauberte als Hautgeruch und Augenglanz — ist ihm davongelaufen. Er weiß nicht wohin, vermutet nur, es sei die große Stadt, in die sie ihm entglitt. Und da sitzt er nun in einem Café nahe der Gare du Nord, versucht fertig zu werden mit einem schlecht funktionierenden Telefon, das bewacht ist von einer knarrenden alten Krähe, die ihm unmutig und immer ärgerlicher Einwurfmünzen verkauft, wird schließlich vertraut mit dem prähistorischen Gerät, telefoniert dahin, dorthin, teils um Geld aufzutreiben, teils um Informationen zu erlangen. Er wird sich weder in den Besitz dieser noch jenes bringen. Die Geliebte — nennen wir sie Paulette oder »souris« — bleibt verschollen im Menschenmeer. (Groß-Paris: rund neun Millionen Einwohner). Er wird sie nicht wiedersehen, macht aber jetzt sich auf vom Cafétisch, wo man ihm ein schwarzes, leicht nach Petroleum schmeckendes Gebräu als Kaffee serviert, gibt der verwelkten, auf hohen Holzschuhen stelzenden Kellnerin ein übergroßes Trinkgeld, da ohnehin schon alles egal ist. Besteigt einen überfüllten Zug III.

Klasse, das gibt es ja noch, läßt sich inmitten Schweißgeruches nordwärts rütteln, der Grenze zum Nachbarland entgegen, die er wieder illegal überschreiten muß.
War das Paris? Diese von dem miserablen Regisseur Wirklichkeit nach den Rezepten des filmischen Frührealismus gedrehte Filmsequenz? Diese von einem nicht weiter um Feinheiten bemühten, sich gleichfalls Wirklichkeit nennenden Autor niedergeschriebene Erzählung? Dieses verblassende Bild, das sich so schlecht hält gegen die Erosionsarbeit der Zeit?
Ein anderes Paris ist beständiger, wird für immer bleiben, was es war. Szenen- und Personenwechsel. Nun ist ein Herr da, der, wenn auch bescheiden gekleidet, schon halbwegs bürgerlichen Zuschnitt hat. Dieser, im Gegensatz zu den Landstreichern vorhin, hat seine Papiere in Ordnung. So einigermaßen jedenfalls, wenn freilich er auch nur mit einem Transitvisum eingereist kam, das er sich je und je, eingekeilt zwischen Nordafrikanern und Displaced Persons, Kriegstreibgut, auf der Préfecture verlängern lassen muß. Der Beamte wird bald geschmeidig: für so gut wie nichts. Man hat ihm eine Bonbonnière mitgebracht, die Amtsgeschäfte zu erleichtern. Pour vos enfants, Monsieur. Und Monsieur schiebt das armselige Geschenk eilig, aber gar nicht verschämt in seine Schreibtischlade. So wird es gemacht. Es fügt sich, daß Geld da ist für dergleichen harmlose Korruption. Die aus den USA angereiste Freundin hat in einem eleganten roten Portefeuille Traveller-Cheques. American Express. Sie werden bald aufgebraucht sein, so daß sie statt des noblen Hotels Edouard VII. Avenue de l'Opéra, ein wohlfeiles suchen muß. Nur: was weiß eine aus den USA als frischgebackene Amerikanerin herangeflogene Dame von Pariser Hotels? Weniger als nichts. Nichtmal, daß alle ordentlichen, vom Fremdenverkehrsamt kontrollierten Herbergen das große »H« als

beruhigendes Zeichen im Schilde führen, und so mietet sie im zweiten Arrondissement in der Rue des Jeneurs, deren einzige Annehmlichkeit es ist, daß sie nicht weit abliegt von der Bibliothèque Nationale, Rue de Richelieu, in einer Bude, die sich wieder einmal als Stundenhotel, Hôtel de passe, herausstellt, ein Zimmerchen. Viel Kommen und Gehen hört man nachts, viel Wasserrauschen, manchmal unterdrückte Schreie. Ist also dies Paris, das Stundenhotel im zweiten Stadtbezirk, nahe dem jüdischen Geschäftsviertel, Rue d'Enghien, Rue Cadet, Rue Bergère mit seinen »Folies-Bergère«, Traum aller Touristen, die nach dem Sündenbabel auslugen? Natürlich auch. Aber nur so nebenhin. Das wahre Paris, jenes, das für immer die Vorstellung dieser Stadt prägen wird, das alle die Erinnerungen an Gehörtes, Gelesenes, im Film oder sogar in der Realität Geschautes auslöscht, ist das Paris des fünften und des sechsten Arrondissements, des immer wieder sich erneuernden Quartier Latin, mit seinen Studenten oder Möchte-gerne-Studenten, seinen schwer definierbaren Intellektuellen, den Schriftstellern, die schreiben oder auch nicht, den Malern, die niemals ausgestellt haben, den zahllos die Bistros, Straßen, Hotels bevölkernden Randexistenzen, deren Alter und Abgang man sich nicht vorstellen darf.

Da ist der Dupont am Boulevard Saint-Michel; ihm gegenüber das Hotel des Etrangers, wo man aber einen feinen Unterschied zu machen weiß zwischen den erwünschten Ausländern (am liebsten Amerikanern, deren Dollar noch was wert ist) und jenen anderen, die mit zweifelhaften Pässen reisen. Da ist die Rue de l'Ecole de Médecine mit dem charaktervollen, wenn freilich stark vernachlässigten Geburtshaus der Sarah Bernhardt, die Rue Saint-Jaques, in der den streunenden Villon sich vorstellen mag, wer will; die Rue Soufflot, die zum Panthéon führt, aber auch zum Polizeikommissariat des Stadtbezirks, die der unordentliche, außerordentliche Gast meidet – man kann nie wissen, man weiß nie, wie's wird. Und da ist die dunkle Rue de la Harpe mit dem Verkehrslokal der lumpensammelnden Clochards. Sie ist unweit der Rue de la Huchette gelegen, wo der Schatten Hemingways geistert, der freilich noch lebt, wenn er auch in diesen Tagen nur gastweise nach Paris kommt, er ist beschäftigt mit Whisky und Wörtern, wird auch für diese, die karg und hart sind, in ein paar Jahren den Nobelpreis erhalten. Man durchmißt von hier mühelos die Strecke in die Rue de Fleurus, wo Hemingways fördernde, mütterlich-lesbische Freundin, Gertrude Stein, gewohnt hat. Sie starb 1946, und nur ihr alter ego blieb zurück, die greise Alice Toklas, die als zierlich-häßliche alte Dame durch die Welt reist, Vorträge über ihre dahingegangene Geliebte haltend. Niemand würde es ihr ansehen, daß sie einstens vom rechten Weg der bürgerlichen Heterosexualität abkam. Sie trippelt schirmbewehrt, das Französische immer noch mit einem unwahrscheinlich durchdringenden Akzent sprechend, durch die Straßen.

Straßen, Straßen. Boulevard Saint-Germain, Rue de deux Ecoles, Rue Condé, Rue Racine, Rue Dauphine, Rue Gay Lussac, Rue de l'Estrapade: Straßen, die eine Stadt oder ein Städtchen bilden, das winzige Quartier Latin, in dem der Geist von Paris oder der Geist schlechthin seine Heimat hat. Straßen, die besser sind als irgendein Zuhause, für den, der gut zu Fuß ist. Denn in den Heimen, und mögen es sogar bürgerliche Plüschgräber sein, die man im Kriege vernachlässigte, ist es öde und kalt. Frankreich sei eine Siegernation, so liest man's in den Zeitungen. Es ist nicht viel zu spüren davon. Der Kaffee riecht noch immer nach Petroleum. In den kleinen Hotels serviert man zum Frühstück trockenes Brot. Die Steaks in den billigen Restaurants sind hauchdünn. Der Gast erhebt sich zumeist nach der Mahlzeit mit dem Hunger von vorher oder sogar mit nervös gesteigertem Appetit. Was tun? Der Eingeweihte hat bald heraus, daß es in der Rue de l'Ecole de Médecine eine winzige jüdische Konditorei gibt, wo zu erschwinglichen Preisen schwere Süßigkeiten des europäischen Ostens zu ergattern sind: Mohnstrudel, Apfelstrudel, Zimtgebäck, dazu brühheißen Tee, so daß man sich nach dem gierigen Hinunterschlingen der galizisch-magyarisch-österreichisch-tschechischen Herrlichkeiten betäubt erhebt: der Magen ist solcher Genüsse entwöhnt und weigert sich, sie zu verdauen.

Dann wieder Wege zwischen Mauern. Und Menschen. Viele von ihnen sind extravagant zurechtgemacht. Die Röcke der Frauen sind ziemlich lang, Dior verhängte soeben seinen New Look. Die Hosen der Männer sind unten weit, aber über dem Bauch und um die Hüften gleichfalls, so daß noch die schmalsten Jünglinge etwas Plumpes haben; noch hat man nicht die Jeans entdeckt und ihren erotischen Cowboy-Schick. Die Extravaganz unterscheidet sich scharf von der Bürgerlichkeit — breitgeschnittene zweireihige Anzüge mit enormen Schultern —, an der die besseren Herren, die man rund um die Place Saint-Sulpice sieht und die ihrer Ehrenhaftigkeit und Katholizität nachgehen, eisern festhalten. Sie haben, diese Herren, die sich mehrheitlich vor kurzem noch an den Maréchal Pétain hielten und dessen markigen Wahlspruch »Arbeit, Familie, Vaterland«, nur tiefe Verachtung übrig für die übermütige Jugend, die trotz ziemlich anti-amerikanischer Polit-Philosophie sich im GI-Look gefällt. Wer sind diese verwahrlosten jungen Menschen, die von Sartre reden, von Camus, von Boris Vian, von amerikanischen New Orleans-Platten, die sie auftreiben konnten, von der Résistance und der Revolution? Nun, es ist klar: vom Kellner im Café Deux Magots oder im Flore bis zum stramm pétainistischen und heute ebenso gaullistischen Staatsbeamten nennt man sie »les existentialistes«. Die »Existentialisten« sind das, was später die Beatniks oder noch danach die Hippies genannt werden: der Staats- und Familien- und Arbeitsfeind, der verdorbene Verderber, dessen ungeniert sich in den Ecken der Cafés produzierte Liebes-Präludien mit jenem Haß beobachtet werden, den nur der Neid gebiert. Dabei wird es bleiben, auf lange Zeit hin. Das, was die Linke heute den »Anti-Jugend-Rassismus« der älteren Generation nennt, ist im Wesen nichts anderes als die haßvolle Verachtung der jugendlichen »Existentialisten« von damals. Und diese zahlten es mit einem »Anti-Alten-Rassismus« den in Jahren fortgeschritteneren Generationen gerade so heim, wie heute die jungen Leute uns Ablebenden.

Ja, das waren sie also, die bösen Existentialisten. Wann aber traten sie eigentlich auf die Szene? Und wann verließen sie sie? Von welcher Zeit ist überhaupt die Rede hier und wie ist es beschaffen um die Stringenz der Chronologie, die von einem solchen erinnernden Bericht erwartet werden darf? Schlecht. Die Jahre haben sich aufgeschichtet im Proust'schen »souvenir« und sind zugleich ineinander gelaufen. Hier wird nicht Geschichte getrieben und geschrieben. Den Zeitkomplex im einzelnen zu gliedern, mag den Herren vom Fach überlassen bleiben. Nur vage sei ausgesagt, daß vom »après-guerre« die Rede ist, von der eigentlichen Nachkriegszeit: die erstreckte sich von 1945–1950, bis in jene Tage also, in denen in Deutschland ganz schüchtern das Veilchen Wirtschaftswunder zu blühen begann und in den USA der Ruf »back to normalcy«, zurück zur Normalität, zur vollen geschichtlichen Wirklichkeit wurde. In Frankreich war der après-guerre die Zeit der zerstörten Hoffnungen. Heute, ein Vierteljahrhundert bis drei Jahrzehnte danach, kann man abschätzen, wieviel da in die Binsen ging. Das, was Zukunft, leuchtende, war in den Tagen des Krieges, ist dahin, vergangen ganz und gar. Dreißig Jahre nachdem der große Krieg endete, »Der große vaterländische Krieg«, wie die Sowjetrussen ihn so nennen, ist der rechte Zeitpunkt, zurückzuschauen, zurückzuspüren mit des Spürhunds Nase nach der Epoche, die als Aufbruch sich verstand und als »Normalität« versandete. Schon ist ja auch eine Generation da, die nichts, aber schon gar nichts mehr weiß von diesen Tagen: zwanzigjährige Studenten, denen der après-guerre nicht mehr ist als Gegenstand beflissener Studien, dreißigjährige Assistenten an Hochschulen, ernste und schon reife junge Männer und Frauen, die heranwuchsen in den wärmenden Strahlen des Marshall-Planes, den linden Lüften des Wohlstands, so daß ihnen ein angenehmes Spiel wurde, was damals tödlicher Ernst war: die Revolution. Ungewiß ist mir, was der Erinnernde ihnen noch zu sagen hat. Er ist kein dialektischer Geschichtsphilosoph, kein fleißig Ziffern aufreihender Soziologe, kein bemühter Historiker. Nur ein Mensch, der einen Blick zurückwirft und sagt: vorbei – und nie wieder. Wird man ihn anhören wollen? Wenn ja, ist's recht. Wenn nein: tant pis!

Begleiten wir ihn also noch eine Weile durch das Paris des après-guerre. Es ist zugleich auch das schäbig gewordene Paris des avant-guerre, wo nicht nur der Wein nicht mehr »à la discrétion« serviert wird, sondern man auch mit dem Brot in den Restaurants auf das schmählichste spart, teils aus eingeborenem gallischen Geiz, teils weil es wirklich fehlt am Allernötigsten. Unser Wanderer hat trotz der durch weiblich-mütterliche Güte zur Verfügung stehenden Travellerschecks sehr wenig Geld. Er durchstreift die beiden Arrondissements, die *sein* Paris sind, meist zu Fuß, nimmt nur manchmal die schmutzige Métro, atmet in den Tunnels den unverwechselbaren und letztlich unbeschreibbaren Geruch ein, der ihn berauscht. Wie riecht die Pariser Untergrundbahn? Wie die Pariser Untergrundbahn! Jeder Vergleich wäre Fälschung. Der Rausch, bewirkt durch diesen dumpfen, erstickenden Duft, ist schließlich nur Teil des allgemeinen Rausches, den das Paris von damals hervorrief. Denn geistig, sozial, politisch schließlich war das eine Trunkenheit, die von den späteren Verläufen beschämt wurde, so daß sie heute sich kläglich ausnimmt. Es ist nicht Schuld des Trunkenen von damals. Es war die Epoche selber, die versagte, die ausgegebene Schuldscheine nicht einlösen wollte.

Der Stadtstreicher steigt gerade aus der Métro, Station Odéon, hinauf in den grauen Tag von Paris. Er hat eine Verabredung. Irgendein sehr junger, überaus gewandter Herr will ihn sprechen, Monsieur de Montfort, vielleicht stammt er wirklich aus der Familie jenes Simon de Montfort, der die Katharer schlachtete. Der Nachkömmling aber ist Revolutionär, Anhänger des von Sartre, David Rousset, Georges Altmann gegründeten »Rassemblement Démocratique Révolutionnaire«, einer ephemeren politischen Organisation, die eine nur in Köpfen rumorende, nichtkommunistische Linke sammeln will. Treffpunkt: Le Relais d'Odéon, gegenüber dem Denkmal Dantons. Scharfes Pariser Französisch, vor dem einem, der vielleicht angereist kam aus der Provinz oder auch aus Brüssel – denn das francophone Brüssel ist eine französische Provinzstadt wie Lille, wie Rouen –, ganz schwach und ärmlich zumute wird. Monsieur de Montfort hat viele Vorschläge, vor allem den einen: ob der Gast nicht Lust habe, Jean-Paul Sartre gleich persönlich kennenzulernen, der habe seiner Notorietät wegen längst das Café »Flore« verlassen, residiere nun in der schicken Bar du Pont Royal. Dort sei er anzutreffen, praktisch den ganzen Tag über, in Gesellschaft von Freunden, Simone de Beauvoirs, Jean Caus, der sein Sekretär ist, Jean Genets. Übrigens Sartre: vous le connaissez, c'est bien certain. Nichts ist sicher für den Métro-Schnupperer. Er hat Sartre einmal kennengelernt, 1945 in Brüssel, nach einem Vortrag über Literatur, den der große Mann dort hielt. Gewiß hat der aber lange schon das Gesicht des Anonymus vergessen und dieser biedert sich nicht an, nein, das nicht. So hat er einstens niemals Thomas Mann angesprochen nach dessen Veranstaltungen in Wien oder Zürich. Redet man denn mit Göttern? Herr de Montfort ist zurecht erstaunt, sogar befremdet. Götter? Er selber, Montfort, hat keine. Schon des Namens und der Herkunft wegen. Aber wenn der fremde Narr eine interessante Diskussion mit Sartre, der schließlich nur ein eben erst berühmt gewordener Schriftsteller ist und sine nobilitate, verzichten will, sei's seine Sache. Das RDR, um darauf wieder zurückzukommen, blühe. Alles komme nun darauf an, de Gaulles erst jüngst geschaffenem »Rassemblement du Peuple Français« gute Wehr und Waffen entgegenzusetzen, solche wohlverstanden, die nicht aus dem stalinistischen Arsenal kommen. Der Fremde will von diesen Querelen, die freilich wirkliche Politik sind, nichts hören. Für ihn ist der kompakte Mythos Résistance, Krieg, Sieg noch ganz lebendig. Er wehrt sich gegen die Aufsplitterung dessen, was gestern erst den finsteren Feind niederzwang. Er kann nicht Anti-Gaullist sein, nicht Anti-Kommunist, nicht Anti-Irgendwas – außer Anti-Nazi. Er sagt so, so, schüttet den elenden Apéritif hinunter. Sartre, Camus, de Gaulle, Jean Paulhan, François Mauriac – ist das nicht alles Frankreich, Frankreichs ewige Volksfront? Er läßt den erregten, kleinen Monsieur de Montfort reden, für den alles Bäume sind, hochdifferenzierte, wo er, der Zaungast, nur die Waldeskonturen sieht, die sich scharf am Himmel abzeichnen.

A propos: Finden Sie nicht, mon ami, daß es in der Métro berauschend duftet? Der andere lächelt wegwerfend. Ja, die Métro, ein elendes Verkehrsmittel, zu früh gebaut und darum heute so überlebt wie die Einstiege zu ihr. Jugendstil. Zum Lachen. Wie hätte auch der scharfzüngige junge Herr vorausahnen können, daß dreißig Jahre danach eben dieser Jugendstil glanzvoll wiedererstehen würde? Der Fremde, der sich einsam fühlt mit seiner Arme-Teufel-Liebe zur Métro, zu einer längst zerfallenen Résistance-Volksfront, schweigt trübe vor sich hin. Der Einheimische denkt, es sei von diesem Manne wohl nicht viel zu erwarten, und empfiehlt sich bald: es häuften sich nun die Besprechungen der RDR-Kader, er möge entschuldigt sein. Er ist es.

Dämmerung am Place de l'Odéon. Die Stadtbewohner, die mehrheitlich nicht an der demokratischen Revolution interessiert sind, die dem Simon-de-Montfort-Nachfahren so sehr am Herzen liegt, scheinen mit einemmal alle in großer Hast zu sein, verschwinden in Bistros oder auch in den einst guten, jetzt äußerlich schon recht vernachlässigten, wenn auch ideologisch noch standfesten Bürgerhäusern. Frauen, junge und ältere, mit Einkaufstaschen, aus denen die »Baguette« lugt, der elegant geformte, schmale Weißbrotwecken, junge Männer in pelzbesetzten, kurzen Windjacken, die sie »Canadiennes« nennen, verschwinden in Haustoren. Lauter Leute, die Heimat haben. Soll man es ihnen übelnehmen? Wer fremd ist, verspürt Neid. Hier hätte man geboren werden sollen. Hier das Lycée Henri Quatre oder das Condorcet besucht haben; man würde weniger tölpelhaft sprechen, vor allem aber würde man wissen, wo man hingehört: für diesen Abend, der nichts Gutes verspricht, für die Frühstunden von morgen, für alle Tage. Boulevard Saint-Germain. Menschenstauungen wie stets vor dem »Flore« und dem »Deux

Magots«. Hier muß er doch irgendwo wohnen, der kleine Herr, dessen Bücher und Artikel man alle gelesen hat mit unziemlich heißen Wangen. Warum nicht wirklich sich ihm nähern? Sie erinnern sich meiner gewiß nicht mehr, aber in Brüssel hatte ich die Ehre … Es geht nicht. Besser ist es, in die Rhumerie Martiniquaise einzutreten, einen heißen Grog verlangen, über dem aromatischen Trank, der wohlschmeckt, auch wenn es mit wirklichem Rum nur von fernher zu tun hat, nachdenken, warum es nicht geht. Stolz? Aber der wurde einem doch gründlich ausgetrieben. Schüchternheit? Man ist nicht scheu, wenn es darum geht, ein Mädchen zu entkleiden, das man kaum kennt. Es muß etwas anderes sein, etwas, das man sich nur in sehr späten Stunden eingesteht: Scham vor dem eigenen Unvermögen. (Und so ganz nebenhin auch Beschämtheit über den Akzent, den man nicht los wird.) Das Unvermögen aber war es stets, das als Hindernis stand zwischen dem Fremden und seinen Vorbildern. So wollte man niemandem lästig fallen mit Gedanken, die man nicht für eigenständig hielt, Formulierungen, die andere besser und geschwinder trafen. So war das einst schon gewesen mit Musil, Thomas Mann – und viel bescheideneren Leuten: man hatte keine Courage, sie zu behelligen. Zog sich – hochmütig, wie manche meinten – zurück, wenn Gelegenheit zum Gespräch sich geboten hätte. Und nun gar erst hier in Paris! Stadt des Wortes, der funkelnden Rede, des hell aufblitzenden Geistes. Noch die alte Frau am Zeitungskiosk hätte bessere Figur gemacht vor Sartre als der Zugereiste, der jetzt in der Rhumerie Martiniquaise am Boulevard Saint-Germain das heiße, duftende Getränk hinunterspült, so daß alsbald der beleidigte Magen rebellieren wird. Es ist gut, Zaungast zu sein. Dieser weist die Herausforderung zurück, Duellant, der einer gegnerischen Pistole sich nicht stellen will. Warum sollte man etwa abends in die »Rose Rouge« gehen, wo eine schwarzgekleidete junge Frau namens Juliette Gréco ihre melancholisch-wilden Lieder singt oder in den Club Saint-Germain, wo Claude Luter und Sidney Bechet spielen? Es genügt, wenn die Phantasie Besitz ergreift von dieser Stadt, die stets, und wie gut man sie auch kennen wird, Flackerbild bleibt. Ein Film, in dem ein mit nicht ganz ordnungsgemäßen Papieren versehener Ausländer am Rande mitspielen darf, so daß er sich selber nur als zweidimensionales Helldunkel erlebt. Film ist übrigens kein schlechter Gedanke. Im Kino fragt niemand nach einem. Man muß im verdunkelten, schlecht gelüfteten Saal nicht zeigen, was man nicht kann: pariserisch reden, kleine Feuerwerke der Intelligenz abbrennen. So wird bezahlt und die Flucht angetreten in die dem Namenlosen zustehende Finsternis des Cinéma. Die Wahl – Studio des Ursulines – war keine üble, wie sich bald herausstellen soll. »Les portes de la nuit.« Der junge hinreißend virile Yves Montand, Simone Signoret, Frau mit dem Goldhelm und einer die Schwarz-Weiß-Kälte des Films spielend überspielenden erotischen Hitze. Geisterhaft als ein Bettler, der das Menschenschicksal symbolisiert, Jean Vilar. Hurtiger, kleiner Schwarzhändler, Serge Reggiani. Dazu Musik von Kosma, ein Lied, das später sich als Schlager verschleißen wird, dessen musikalisch-textlicher Kern dennoch unverletzt bleibt: »... et la mer éfface sur le sable les pas des amants désunis ...« Frage, die sich gleich stellt beim ersten Anschauen, Anhören: Wird man das je erinnern können, diese Kinostunde mit der schönen Simone und dem jugendlich-kraftvollen Yves? Wird man je wieder die Ergriffenheit, die sich einstellt bei den Worten »das Meer löscht im Sande die Fußspuren der entzweiten Liebenden aus« genau so zu verspüren vermögen? Wird Paris, das Paris dieser après-guerre-Tage bestehen bleiben? Oder wird kühle Vernunft eines Tages sagen, es sei das alles, die Straßen, die Mädchen und Jünglinge, die Kinoschatten, die revolutionären Leitartikel-Überschriften der eben erst aus dem Untergrund heraufgetauchten Zeitung »Combat«, die elenden Hotels, die kargen Mahlzeiten, die Liebesnächte – wird das alles dermaleinst sich ausnehmen wie überständige, schleunigst zu liquidierende Romantik? Oder wie der nur die Fachpsychologie interessierende Lebensrausch eines, der gerade auferstand aus der Unterwelt? Für einmal kann die Antwort gegeben werden: Bilder und Sinneneindrücke, vom Tasten über den Rücken einer schnurrenden Katze bis zum Hinstreichen über einen Frauenkörper, werden bleiben, was sie damals waren. Paris wird bestehen, aber nur dieses. Und es wird Zeiten geben, in denen man seltener und seltener die Stadt besucht, damit ihr neues Antlitz das alte und geliebte nicht überlagere.

Nur freilich: alles Politische, was man damals aufnahm, wird zu revidieren sein. Doch kann die Unabweislichkeit solcher Revision nicht vorausgeahnt werden, jetzt, in diesem Augenblick, da der Fremde das Cinéma verläßt, um durch die Rue Condé und die Rue Vaugirard, vorbei am Jardin du Luxembourg, hinaufzuwandern in die Rue Gay Lussac, wo ein unwirtliches, weil kaum geheiztes Zimmer wartet. Der Komplex Résistance, an den man glaubt, ist in Wahrheit längst zerfallen. Man will es nicht wahrhaben, eben wütet der Kalte Krieg. Wer trägt die Schuld daran? Man will es nicht wissen, liest mit weggewandter Seele in allen Zeitungen darüber und seien es auch nur die Titelköpfe an den Kiosken am Boulevard Saint-Germain. Für den »Figaro« ist es sonnenklar, lang noch ehe der Prager Fenstersturz, der tragische Tod Jan Masaryks, den offenen Ausbruch der kalten Feindseligkeiten einleitet. Es sind die Sowjets, die Kommunisten, die, international verschworen, eine eben erst errungene Freiheit gefährden. Hat es nicht Arthur Koestler in seinem Buch »Sonnenfinsternis« in allen Einzelheiten beschrieben, wie dieses Land, dessen blutigen Sieg über das Nazireich man eben noch feierte, ein einziges, überdimensionales KZ sei? Ein unheimliches Wort macht die Runde: »Wir haben das falsche Schwein geschlachtet.« Churchill soll es gesagt haben. Den Collaborateuren wird wohl im Gemüte. Hatten sie's denn nicht immer schon gewußt? Nicht Hitler war die Bedrohung Frankreichs und der Welt. Es sind die Russen, mit denen man hätte Schluß machen müssen. Aber die kommunistische »Humanité« schreibt entrüstete Artikel gegen den amerikanischen Imperialismus, der allein die Schuld trage an den Nachkriegswirren, die den Widerstand von gestern als ein sinnloses Spiel mit Leben und Tod erscheinen lassen. So war der Abwurf der ersten Atombombe auf Hiroshima eher ein gegen die UdSSR als gegen Japan gerichteter Kriegsakt gewesen: der Imperialismus wollte den Russen zeigen, wessen man fähig und nötigenfalls willens war. Und war die Ausbootung aller kommunistischen Regierungsmitglieder 1947, in Frankreich, Belgien, Holland, Italien, nicht unter dem unwiderstehlichen Druck der Amerikaner vor sich gegangen? Ja, der Kalte Krieg hatte begonnen, im Grunde schon in Potsdam, nach Roosevelts Tod. Wer Ohren hatte, der mußte hören. Wer aber eben erst auferstanden war von den Toten, der hörte nicht. Für ihn war, wenn er weiter leben wollte, die Volksfront der Résistance, verkörpert im Paris des après-guerre, die einzige akzeptable Realität. Wer ihm die Résistance und Revolution und Paris nahm, der raubte ihm die gerade wiedergewonnene Welt, der stieß ihn zum zweiten Mal in den Abgrund. Noch war ja äußerlich alles so stimmig. Im »Tabou« in der Rue Dauphine, wo man manchen Ärger hat mit den bürgerlichen Nachbarn, die der Radau stört,

tanzen junge Kommunisten zu amerikanischem Jazz. In Sartres »Temps Modernes«, einer Monatsschrift, der ein langes, wenngleich recht unruhiges Leben beschieden sein soll, sind gründliche Analysen über Hemingway zu lesen. USA-Touristen tummeln sich, des exorbitanten Nepps nicht achtend, von Europa enthusiasmiert, an den Stätten der Subversion; dort gibt es neben der in diesen Tagen noch vorsichtig von kleinen Gaunern feilgebotenen Pornographie auch Zeitschriften zu kaufen, in denen die fällige, ach so lange fällige und niemals zur Wirklichkeit werdende Revolution gepredigt wird.
Der Fremde lebt einen Mythos. Mildernde Umstände wollen wir ihm zubilligen, da doch dieser Mythos noch nicht Stein der Geschichte wurde. Links und rechts in Frankreich haben sich noch nicht völlig stabilisiert, trotz einwehender Kaltkriegsluft. André Malraux zum Beispiel, Kampfflieger der spanisch-republikanischen Armee, Colonel Berger im Maquis, kommunistischer Sympathisanten-Star einst beim Moskauer antifaschistischen Intellektuellen-Kongreß von 1936 —: André Malraux steht jetzt an der Seite des riesenlangen Generals, den die sich suchende Linke als faschistisch denunziert. Ist er es? Er wird es jedenfalls nicht immer sein, denn eines Tages wird er den Algerien-Frieden schließen, wird Frankreich bewahren vor einer Diktatur der kleinen Generäle. All dies ist unvorhersehbar im Augenblick, von dem wir sprechen. Der Gast hat sich entschlossen, noch nicht die Hotelzelle aufzusuchen, schreitet vielmehr stadtwärts, dem Quai Voltaire entgegen, wo die Bouquinisten ihre offenen Läden haben und vielleicht sogar Deutsches billig erworben werden kann: Konkursgut eines Deutschland, von dem man in allen Zeitungen nichts zu beschreiben weiß als seine Trümmer. Da ist er schon und wühlt. Und in der Tat: zwischen zerlesenen Exemplaren der gesammelten Romane

von Henri Bordeaux plötzlich wirklich etwas sogenannt Heimatliches. Wiechert, »Die Magd des Jürgen Doskocil«. Ja, den haben die Nazis ja gefördert, bis sich herausstellte, daß der erdverbundene Dichter nicht auch im gleichen Tritt mit den Übermenschen marschierte. Das Büchlein wird flüchtig durchblättert. Es verspricht vielleicht eine gute Abendstunde. Und darum wird keine der Seine-Brükken mehr überschritten. Drüben ist ohnedies Feindesland. Avenue de l'Opéra, Rue du Quatre Septembre, das Café de la Paix, la Madeleine, das Restaurant Weber, die Place de la Concorde. Gute Erde für die Besitzenden. Seinsnegation für die Armen. Um diese Stadtregion zu ertragen, wäre es nötig, erst bei Proust Einkehr zu halten: dann würde sie, vielleicht, etwas von ihrer unerbittlichen und verlangenden Härte, die allemal sich in Geldsummen ausdrücken läßt, verlieren. Doch ist man gerade noch bei Wiechert. Er wird vielleicht eine ähnliche Aufgabe erfüllen wie Proust. Ein Land wird er möglich, menschenmöglich machen, von dem man hört, es hungere, mit dem aber Mitleid nur über den Umweg durchs Literarische schwach genug erfühlt werden kann. Combien coûte le livre allemand? Preis. Rückgabe. Danke. Ich nehme hier den Mauriac »Le désert de l'amour«. Der Widerwille gegen alles: Sprache, Land, Dichterei, idyllische Landschaft, wo es aber jüdische Viehhändler gab, die man erschlug, Fachwerkhäuser, in denen der Mann aus Anna Seghers' »Siebtem Kreuz« sich vor den braunen Bütteln zu verbergen suchte, strohblonde Schönheiten, die krummes Holz und Schwertlocke anhimmelten. Merci. Man nimmt seinen Mauriac zur Hand, wo die Niedertracht (bürgerliche Erbstreitigkeit, Freundschaftsbruch) noch quasi humanen Charakter hat. Kehrtwendung. Hinauf denn also doch, der Rue Gay Lussac entgegen. Wer war eigentlich dieser Monsieur Gay Lussac? Man wird hernach im kleinen Larousse blättern und herausbekommen, daß die Straße nach einem Chemiker und Physiker aus dem achtzehnten Jahrhundert benannt ist. Geistig unerschöpfliches Frankreich! Ja, du hattest, hast nicht nur Leute des Wortes von Montaigne bis zu dem kleinen schielenden Herrn, sondern auch Männer der Wissenschaft. Gay Lussac, Pasteur, de Broglie, Langevin. Ihr wart, Frankreich, Paris, die Sonne der Welt. Ihr werdet es wieder sein. Aber was geht's mich eigentlich an? Ich bin doch der ewig und überall Fremde, denkt der Gast. Und: wer bin ich überhaupt? Kindische Fragen. Niemand. Kurze Rast in der Brasserie de la Sorbonne. Kärgliche Atzung. Abendbrot oder Nachtmahl, wie man diese Mahlzeit auch mit einem Austriazismus nennen mag. Am Nebentisch zwei junge Herren in angeregter Diskussion. Das Malheur ist, daß der General schon 1946 Mendès-France gehen ließ. C'est un juif. Oui, mais c'est un Monsieur. Sie glauben also tatsächlich, meine Herren, man müßte ausdrücklich darauf hinweisen, daß einer ein Jude ist und dennoch ein Herr? Ich frage das nur, will mich nicht in ihr Gespräch einmengen. Vielleicht meinen sie es sogar gut, haben eben Sartres »Reflexions sur la question juive« gelesen, sind Anti-Antisemiten. Aufbruch. Im »Tabou« singt Mouloudji seine rebellischen Lieder. In den »Folies-Bergère« wippen die Federn an den Köpfen und Hintern der Mädchen. In der »Rose Rouge« kann man eine blonde, magere junge Frau sehen, deren Namen später Weltklang haben wird: Anouk Aimé. Und in seinem Zimmer sitzt in Rauchwolken der Zigaretten verborgen, aufgepeitscht von dem unentbehrlichen Medikament Corydran, der kleine Herr und entwirft Blatt um Blatt, bildhauert den Geist des après-guerre. Der Fremde ist immer noch Zaungast, wird und will es bleiben, durchschreitet jetzt die Eingangspforte des kleinen Hotels, deren Besitzerin aus Ravensbrück heimkehrte und die darum dem Kameraden einen Sonderpreis für das Zimmerchen gewährt. Nun muß auch bald die Freundin kommen. Sie ist verwöhnt vom amerikanischen Komfort, findet hier alles dreckig und verwahrlost, so daß es scharfe Debatten gibt. In der Umarmung gleicht sich alles aus, und sie wird zugeben, daß dennoch Paris eine Messe wert sei.

Paris. So und nur so wird es bestehen bleiben. Der Fremde sucht keine Museen auf. Die »Folies« würden ihn nicht locken, selbst wenn er Geld hätte. Die Comédie Française läßt ihn so kalt, wie sie selber ist. Mag sein, daß er sich morgen wieder in ein Kino flüchten wird: »Le diable au corps« mit Gérard Philippe, den er liebt. Nachdenklich starrt er in seinem Zimmer ins Dämmerlicht. Jeder hat sein Paris. Und dieses gehört ihm. Mit ihm wird es vergehen – für immer.

MEINE DEUTSCHE SZENE

Ach – wie geht's? Sie haben wahrscheinlich eben beim Rundfunk zu tun, fragt Uwe Johnson. Er neigt sich höflichkeitshalber ziemlich tief hinunter zu seinem Gegenüber, denn dieses ist gerade untermittelgroß, während er, Johnson, als ein freundlicher Turm, kegelartig sehr weit in die Höhe ragt. Man wechselt ein paar Worte: dies und das und die Gattin in Brüssel und die andere in England, wo der bedeutende Romanschriftsteller eben Wohnung nahm. Es ist ein stockendes und kurzes Gespräch. Zwei anscheinend schüchterne Leute führen es. Keiner will dem anderen lästig fallen, ihm Zeit rauben, wiewohl wahrscheinlich ein jeder aufgelegt wäre zu eingehender Unterhaltung. Schade, sie lassen es bleiben und gehen mit kräftigem Händedruck auseinander, ein jeder an sein Geschäft.

Dergleichen ereignet sich öfter dem Manne, den wir als den »Fremden«, den »Gast«, den »Unerwünschten« oder »Eindringling« schon durch mancherlei Orte und Landschaften, die seine Schicksalskarte verzeichnet, begleitet haben. Sieh da: jetzt ist er unerwarteterweise in Deutschland, und nicht zum ersten Mal bei der Johnson-Begegnung, die im kalten Vorfrühling des Jahres 1975 in Köln stattfand. Seit rund zehn Jahren bereist unser unsteter Europapilger die Bundesrepublik Deutschland. Er hatte sich bis 1965 stets nur in anderen Ländern aufgehalten, in England, Holland, der Schweiz, Frankreich, denn durchaus wollte er nichts davon hören, daß jenes Deutschland wiedererstanden war – und mit welchem Glanz, welcher ökonomischen und auch intellektuellen Lebenskraft! –, das er 1945 hatte untergehen sehen. So ist er 1975 nicht mehr ganz fremd in diesem westlichen Teil des einstigen Deutschen Reiches. Er fährt immer wieder nach Köln, Düsseldorf, nach Stuttgart und München, nach Frankfurt ohnehin, weil doch dort die Buchmesse allherbstlich zelebriert wird, an der er glaubt teilnehmen zu müssen, gelegentlich sogar nordwärts, nach Bielefeld, Münster, nach Hamburg, Bremen — bis weit hinauf nach Kiel. Zu sagen, er kenne diese Städte, wäre freilich übertrieben. Was er sieht, das sind Hotelhallen, Funk- und Fernsehstudios, Verlage, Redaktionsbüros und vor allem: Menschen. Oftmals, wenn er eintrifft an einem Flughafen oder einem Hauptbahnhof, an welchem die Gastarbeiter mit melancholischen Augen den abfahrenden Zügen nachsehen, fällt ihm ein Vers des österreichischen Dichters Theodor Kramer über die Donauschiffer ein: »... doch sie kennen von den vielen Städten / Nur die Silos, nur die Brückenketten / Zwei, drei Schenken und das Hurenhaus.« Mit Brückenketten und Hurenhäusern fügt es sich nicht, mit Schenken aber sehr wohl, denn der Reisende versucht, seinen Spesenaufwand einzuschränken, wie es sich geziemt, und also wenn möglich nicht in gute Restaurants einzutreten, sondern in kleine Gaststätten, wo man satt wird für billiges Geld; erst neulich entdeckte er in einer solchen Schenke in Münster die einheimische Erbsensuppe, ein empfehlenswertes Gericht, das so gut wie nichts kostet und den Magen dicklich anfüllt für viele Stunden. Auch die heiße Wurst — 1,30 DM am Kölner Hauptbahnhof — ist ein nahrhaftes Mahl, das ausreicht bis zur Ankunft drüben in Brüssel. Übrigens soll kein falscher Eindruck entstehen. Der Mann, Schriftsteller und leider bereits in Jahren, läßt es sich nicht immer kärglich ergehen. Im Gegenteil: Was die Hotels betrifft, so tut er sich was Gutes allerwegen, erlaubt sich diesbezüglich manchen eigentlich unstatthaften Luxus, benützt niemals ein öffentliches Verkehrsmittel, sondern lehnt sich wohlig zurück in die Polster der Taxis, die alle den Mercedes-Stern als stolzes Zeichen auf den Kühlerhauben tragen. Vom Reichsadler zum Mercedes-Stern, denkt der Fahrgast, geizt auch nicht mit Trinkgeld, bezeugt vielmehr eine Großzügigkeit, die ihm gerade in diesem Lande als besonders verpflichtend erscheint.

Nachzutragen ist, wie es überhaupt dazu kommen konnte, daß der Land- und Stadtstreicher der Jahre 1938–1945, der bescheidentlich in Zürcher Redaktionen Vorsprechende von 1948 bis 1964, nun auf einmal doch in dieses Deutschland geriet, dessen Sprache er nach dem Kriege eine geraume Weile lang nicht zu sprechen wünschte, dessen Geschick ihm im günstigsten Fall gleichgültig war, das er nicht ungerne als einen europäischen Kartoffelacker gesehen hätte, zu Zeiten, da längst schon die Bundesrepublik europäische Reputation erreicht hatte. Wie ging es vor sich, daß er jetzt auf einer Kölner Straße Uwe Johnson herzliche Worte sagt, daß er in der Berliner Akademie der Künste gelegentlich seinen Platz neben Günter Grass hat, daß er zusagt, wenn Fernsehleute ihn manchmal zu Diskussionen einladen, daß er sogar – aber dies mag große Unvorsichtigkeit, ja am Ende Ungehörigkeit sein – sein Wort spricht über die inneren Angelegenheiten des deutschen Staates?

Die deutsche Szene entdeckte er 1964 in *Brüssel*. Dort hatte man zu Ende der fünfziger Jahre das Goethe-Institut eröffnet, das ihm beharrlich Einladungen zusandte, die er ebenso beharrlich ignorierte. Bis er durch Zufall einmal die persönliche Bekanntschaft des Leiters der zum damaligen Zeitpunkt noch recht bescheidenen, der kulturellen Rehabilitierung Deutschlands auf geschickt-diskrete Weise dienenden Anstalt machte. Der Mann, ein geistig und politisch bemühter Kulturbeamter, ausgezeichneter Germanist und Romanist, bat ihn nicht ohne Dringlichkeit: Wollen

Sie uns nicht doch einmal die Freude Ihres Besuches machen? Morgen abend zum Beispiel spricht Helmut Heißenbüttel bei uns. Wie bitte? Helmut Heißenbüttel, ein angesehener Lyriker, Mitglied der Gruppe 47. Welcher Gruppe bitte? Folgt Aufklärung. Ja, warum nicht wirklich einmal dort hineinsehen? Gut, ich werde kommen und vielen Dank für die Einladungen, die Sie mir unverdrossen zugehen lassen. – Der Saal war eher klein und nicht sehr gut besucht. Am Vortragspult stand ein hochgewachsener einarmiger Mann mit stahlblauen Augen, deren deutsches Strahlen jedoch durch die Versehrtheit des Vortragenden gemildert war und darum etwas Bewegendes hatte. Heißenbüttel las Texte, zu denen der Besucher, dem der Vorausgang deutscher Poesie entgangen war, nicht ohne weiteres Zugang fand. Als aber danach in der Diskussion ein Zuhörer in recht aggressivem Ton die alberne Frage stellte, »was das denn eigentlich heißen solle«, eine Frage, die er ebensogut auch an den leibhaftigen Hölderlin stumpfsinnigerweise hätte richten müssen, worauf dann der Vortragende mit leiser Stimme sagte, es könne sich da vielleicht um den Tod handeln, fühlte der Goethe-Institut-Neuling sich auf der Stelle einschränkungslos solidarisch mit dem Vorlesenden: wo einer es mit dem Tode hatte, dort gehörte er dazu. – Nach der Lesung gab es in einem intimen Restaurant eine längere Unterhaltung mit Heißenbüttel. Eben fand in Frankfurt der große Auschwitz-Prozeß statt. Ich verspürte das täglich unabweislichere Bedürfnis, mich auseinanderzusetzen mit dem Komplex Auschwitz, und sprach Heißenbüttel davon.

Aber woher kommt jählings das Ich, die erste Person, vor welcher der Verfasser bislang zurückgescheut hat: nicht um eines Stilprinzips willen, nur einfach um sich nicht ganz auszuliefern, warum drängt sie sich vor? Man kann meinen, weil es nachgerade blöde wäre, eine Anonymitätsmaske vor dem Antlitz zu tragen, die längst von jedermann durchschaut wurde. Es läßt sich auch vorbringen: weil die Zeit, von der hier gesprochen wird, in so vergleichsweise naher Vergangenheit liegt, daß ich wirklich ich bin und nicht mir selber verfremdet erscheine durch so viele Jahre. Ja, *ich* war es, der von Auschwitz reden wollte, in deutscher Sprache, denn lächerlich und sachverkehrt wäre es, auf Französisch die SS bellen zu lassen. Davon sprach ich zu Heißenbüttel, und dieser, der ja nicht nur Lyriker war und ist, sondern damals wie heute eine Abteilung des Süddeutschen Rundfunks leitete, erklärte mir seine Bereitschaft, den zu schreibenden Text in sein Programm aufzunehmen. Daraus wurde ein Buch, »Jenseits von Schuld und Sühne«, und mit diesem trat ich auf die deutsche Szene, von der nun zu berichten ist. Daß ich sie mit Vorsicht betrat und ohne Fanfarenklänge, ist klar. Sie schüchterte mich auch sofort ein mit der Lebensgefährlichkeit ihrer Autobahnen, die man einst die »Straßen Adolf Hitlers« genannt hatte, ihren Fabrikanlagen, mit denen verglichen die belgische Industrielandschaft hoffnungslos ausgedientes neunzehntes Jahrhundert ist, vor allem aber mit ihren selbstbewußten, wie ich mir eingestehen mußte, durchaus zurecht auf ihre Leistungen pochenden Menschen. Das war nicht mehr die neurotische Nazi-Überlegenheitshaltung, der man begegnete, auch kaum die »Wir-haben-es-erreicht«-Geste wilhelminischer Arroganz. Ganz einfach die sachliche Überzeugung von der eigenen Überlegenheit in technischen, kaufmännischen Bereichen, in dem zumal, was man schnellzüngig Management nennt, trat mir entgegen. Kam die Rede auf die Vergangenheit, winkten die Leute, mit denen man zufällig ins Gespräch geriet, ohne besondere Irritiertheit, aber auch ohne das Bewußtsein, es würde in diesem Lande geschichtliche Last getragen, mit Gleichgültigkeit ab. Sie waren die besten

Europäer, wollten auch nichts anderes sein, versicherten sie dem Gesprächspartner. Liege denn das nicht auf der Hand? Man blicke doch nach Frankreich hinüber auf die komische Gestalt Generals de Gaulle, Louis XIV., als ob sich nicht längst die Sonne von Versailles schon hinter düstere Wolken verzogen habe, dies könne jeder sehen, der bei Kehl den Rhein westwärts überschreitet: drüben Vernachlässigung, Schmutz, Verfall, hüben nur Wohlbestelltheit; drüben klammere man sich an das Einstige, hüben sehe man die helle Zukunft. Es waren nicht nur etwa smarte Handlungsreisende, die mit dergleichen ärgerlicher und auch in der Sache bestenfalls halbwahrer Aussage kamen, mit solchen vermied ich ohnehin, wenn irgend möglich, die unergiebige Unterhaltung. Kein anderer als Horst Krüger, Deutschlands bester Feuilletonist, ein Mann von Bildung und Weltkenntnis, erzählte mir in solchem Tone von seinen Frankreichfahrten. Er neigte das große, schwere, von weißem Haar noch beneidenswert opulent umflatterte Haupt und redete zu mir als einem, wie er einmal sagte, »Naivling«. Er wies stolz, als habe er ihn mit eigener Hand erbaut, auf den nach Manhattan-Muster errichteten Henninger-Turm. Er fand das hübsch. Er fühlte sich wohl in der *Main-Metropole*, die mir Scheuel und Greuel war und blieb.

Frankfurt, das ich häufig besuche, hat nichts mehr mit der Stadt Goethes zu tun, nichts mit dem gravitätischen Städtchen, in dem Mayer Amschel Rothschild sein Vermögen machte und Börne an der deutschen Sprache bildhauerte; es läßt vom Frankfurt unserer Tage sich auch keine Brücke schlagen zurück nach jenem patrizisch-liberalen der Zwischenkriegszeit, das ich zwar nie gesehen habe, von dem es aber genug literarische Zeugnisse gibt, so daß jedermann mit nur einem Körnchen Einbildungskraft es sich vorstellen kann. Das neue Frankfurt, dieses »little

Chicago-on-Main«, ist ein widriger Emporkömmling, an dem alles falsch ist, alles Talmi: die Hochhäuser, der Schick gewisser Damen, die im eigentlichen Wortsinne Halbwelt oder besser: halbe Welt sind; der Intellekt, den ich nicht »schnoddrig« nennen möchte, um nicht dem alten Berlin unrecht zu tun, der aber etwas aufsässig Großsprecherisches hat; der brutale Straßenverkehr, dessen Könige die Taxichauffeure sind. Da haben Sie aber Glück gehabt, sagte einer von ihnen, der mich neulich im wilden Tempo zum Hauptbahnhof fuhr, so daß ich tatsächlich den vorgesehenen Zug in freundlichere Landstriche in letzter Minute erreichte — da haben Sie Glück gehabt, daß Sie mich bekamen, Sie hätten ja an so'n Alten, so'n Scheintoten, kommen können, dann wären Sie hier hängengeblieben. Undenkbar, daß ein Pariser Taxifahrer, der wahrhaftig mit anderen Stauungen fertig werden muß, aus denen er elegante Schlängelwege stets zu finden weiß, mir solches Ärgernis sein könnte. Glücklicherweise erreiche ich stets am Ende irgendeinen Zug oder ein Flugzeug, das mich forträgt aus Frankfurt, nach Hause oder nach anderen deutschen Städten.

Warum nicht nach *Stuttgart*? Dort hat sich angenehm Provinzielles schwäbisch-gediegen erhalten, auch greift schön die Landschaft hinein in die Stadt, die ihrerseits sich hinaufbewegt in die Hügel, so daß man niemals genau weiß, wo Stuttgart beginnt und wo das Land endet. Frankfurt liegt nirgendwo: es ist hineingesprengt in eine Landschaft, die keine mehr ist, da sie doch nur noch aus drohenden Industriekomplexen besteht. Stuttgart aber liegt durchaus und, so möchte ich hoffen, für immer in Schwaben. Dort werden die literarischen Assoziationen nicht eisig dementiert von der geschauten Wirklichkeit. Mörike ist nahe, und wem da der Heine-Vers einfällt »In Schwaben besucht ich die Dichterschul / Gar liebe Geschöpfchen und Tröpfchen«, so weiß man zwar, es gibt keine Schwäbische Dichterschule heut', aber doch ein Schwaben, das mit Anstand den Bogen zu spannen sucht von der Tradition zur modernsten Moderne. Wann immer ich diese Stadt besuche, fühle ich mich wohl, sogar die leicht mißtrauische Höflichkeit der Hotelwirte gefällt mir, so angenehm hebt sie sich ab von der schreckeinflößenden Effizienz in gleichartigen Frankfurter Etablissements. Ich habe auch in Stuttgart meinen Verleger, und würde man es mir nicht gleich als Schleichwerbung für ihn und mich auslegen, ich nennte gerne seinen Namen. Der ernste konservative Mann mit dem würdigen Knebelbart hat intellektuell wohl nicht sehr viel und politisch gar nichts gemein mit mir. Aber dennoch bringt er meine Bücher heraus, an denen er nicht eben reicher werden dürfte, als er es glücklicherweise schon ist. Er tut es aus eingeborener Liberalität und führt mit dieser den täglichen Nachweis, daß nicht unbedingt faschistisch oder faschistoid sein muß, wer da bewahren und vielleicht sogar beharren will. Er folgt dem Prinzip Treue, der Patrizier aus Stuttgart, das ein unentbehrliches Komplement des Prinzips Hoffnung ist.

Von Stuttgart ist es nicht weit nach *München*, einer Stadt, zu der ich ein etwelch ambivalentes Verhältnis habe, denn erstmalig wurde sie mir gegenwärtig in der Literatur durch Lion Feuchtwangers großartigen und so sehr zu Unrecht vergessenen Roman »Erfolg«. Will mich bei der Ankunft der bajuwarische Dialekt bestechen, der meiner eigentlichen Muttersprache, dem Oberösterreichischen, enge verwandt ist, so kommt doch gleich das Mißtrauen auf gegen eine etwas heimtückische Behäbigkeit, die ich durch Feuchtwangers Auge, das zu meinem wird, allerorten zu erkennen glaube und die der Dichter des »Jud Süß« gewißlich nicht ganz erfunden hat —: es kann kein Zufall sein, daß diese Stadt mit ihren »Permaneders« einst die »Hauptstadt der Bewegung« war. Auch Klaus Mann, dessen »Wendepunkt« zu meinen Lieblingsbüchern gehört und dessen freundliches Erinnerungsbild mich nicht verlassen hat, scheint sich dort nie völlig wohl befunden zu haben, anders wäre er wohl nicht voll wonnigen Schauderns nach dem Sündenbabel Berlin echappiert, das sehr weit weg lag von der Poschingerstraße und dem väterlichen Hause. In der seit der Unglücks-Olympiade baulich aufs schönste erneuerten Stadt, mit der residenziellen Eleganz des Englischen Gartens und dem immer wieder touristisch wirkungsvollen Pseudo-Quartier Latin, auf Einheimisch Schwabing genannt, höre ich natürlich nicht nur den Dialekt der Kinderzeit. Verfeinertes Hochdeutsch spricht man zu mir, sei es, daß ich im Bayerischen Rundfunk vor einem Mikrophon mit klugen Leuten wieder und wieder den verzweifelten Versuch mache, dialektisches und positivistisches Denken in eins zu bringen, sei es, daß ich mit dem Redakteur einer der maßgebenden Monatsschriften Deutschlands, einem hochnervösen, seine intellektuelle Hellwachheit unwiderstehlich auf den Gesprächspartner übertragenden Freund in gleichsam taumelnder Weise mich geistig über Europa hin bewege. Ja, ich habe Freunde in der einst so bedrohlichen und immer noch nicht geheuren Stadt, deren politisches Wahrzeichen ein Stiernacken ist. Mein Kamerad L. wohnt dort, alter KZler, unermüdlicher Weiterkämpfer. Ein anderer, jüngerer, F. J. B., Funkmann, Theologe, Philosoph, ein glücklicher und schöner Mann mit einer noch schöneren Frau, die den bezaubernden Vornamen Almuth hat. – Möchte ich darum wohnen in München? Nein. Weder dort noch in irgendeiner anderen deutschen Stadt, allzusehr würde ich den Wohllaut des Französischen vermissen, die wärmenden Strahlen Frankreichs, die mein regnerisch-nebliges Brüssel mir klimatisch erträglich machen.

Ist es nur dies, die Abwesenheit französischer Geistes- und Lebensformen, die in mir den Gedanken an eine Niederlassung in dem Land, dessen Sprache ich schreibe und wo dieser und jener mit meinem Namen eine Vorstellung verbinden mag, nicht einmal in Erwägung ziehe? Wer mir hier durch ein paar Stunden gefolgt ist, errät, was mich abhält, mit den deutschen Kollegen, Kameraden und Freunden in der Bundesrepublik zu wohnen. Aus ländlicher Kindheit klingt ein Spruch in mir wieder, den ich so oft hörte und den jedermann wird deuten können: In a Wirtshaus, wo ma aussig'schmissen wurn is, geht ma nimmer eini. — Doch, man geht, wenn es sich fügt, oder gar wenn es unvermeidlich ist. Aber man mietet sich nicht ein. Es wurde mir dies zum Vorwurf gemacht, diese unverbindlichen Besuchsreisen nach Deutschland ohne inneres Engagement. Ein Freund in Frankfurt, bekannter Schriftsteller, einer, der es zweifellos gut mit mir meint, hat mir einmal gesagt, ich hätte so ein Don-Juaneskes Verhältnis zu Deutschland: stets kleine Affären ohne ernste Intentionen, und das könne nicht so weitergehen auf die Dauer. Ich weiß nicht, ob er recht hat. Als Geistestourist darf ich doch wohl in diesem Lande herumreisen wie ein anderer auch. Daß ich durch den Zufall der Geburt Deutsch spreche und schreibe, sollte keine Verbindlichkeit einschließen. Vielleicht kenne ich Deutschland, gerade weil ich nicht mit ihm eine unverbrüchliche Ehe einging, sogar besser als die echten Landeskinder.

So sehe ich beispielsweise *Berlin* mit den wohlausgeschlafenen Augen des Besuchers, auf dem nicht die Last liegt der Erinnerung an die »Frontstadt« noch die aufgeregte pubertäre Leidenschaft derer, die die Stadt an der Spree zum »paradise now« machen wollen. Ich kann also sagen, es ist eine hübsche, in ihrem tiefsten Grunde auch friedliche Stadt, deren politische Künstlichkeit nicht weiter stört. Wie angenehm schlendert es sich doch über den Kurfürstendamm, der so ganz anders, so viel gemütlicher und altfränkischer ist als vor viereinhalb Jahrzehnten, da ich ihn zum ersten Mal sah und vor ihm erschrak, vor ihm, vor der Tauentzienstraße, der Friedrichstraße, dem Alexanderplatz. Damals war Berlin eine »cité maudite«, die Stadt des Asphalts, der draußen den Stillen im Lande ein Entsetzen war, weswegen sie denn auch den Begriff der Asphaltliteratur prägten. Josef Nadler, der in den dreißiger Jahren so angesehene Germanist der Landschafts- und Stämmeliteratur, beschrieb dieses Berlin und sagte: Tucholsky sei diese ganze »Welt des Teufels inbegrifflich«. Als Teufelswelt habe ich Berlin damals nicht empfunden, nur als eine ständige intellektuelle, erotische, moralische Herausforderung. Ich saß, ein blutjunger Außenseiter, im Romanischen Café, blickte bewundernd auf Walter Mehring, Anton Kuh, die bösen »Literaten«, an denen mein dummer Nadler kein gutes Haar lassen wollte, aus dem baren Neid des mährischen Provinzlers, wie ich meinte und noch immer meine, des Stammtisch- und Schreibtisch-Helden, für den jedes kleine Hürchen und jeder harmlos-zynische Witz infernalischen Charakter hatten. Auch im Café Uhlandeck schlug ich bisweilen mein windiges Zelt auf, in dem gehobenen Bohème-Café, wo Heinrich Mann seinen Freunden Rendezvous gab. Einmal, sagte ich mir, wirst du vielleicht dazugehören; dann fuhr ich abends hinaus nach Lichterfelde-Ost, wo ich in einem drittklassigen Nachtlokal viertklassig Klavier spielte, um mir ein paar Pfennige zu verdienen, und wo ein Mädchen neben meinem Piano stand und die Lieder der Tage zu meinem Geklimper sang: »Ein spanischer Tango«, »Das gibt's nur einmal . . .«

Ich suche nach der Diele der »Venus« und finde sie nicht mehr. Ich wollte, als ich 1970 zum ersten Mal nach dem

Kriege Berlin wiedersah, mich im »Romanischen« niederlassen und es war nur eine nichtige Spur noch da. So kam es, daß ich heute Berlin als eine ganz neue Stadt sehe, in der sich hausen ließe, gehörte nicht auch sie zu jenem obenerwähnten ungastlichen Wirtshaus. Die Stadt hat, im Gegensatz zu den bundesrepublikanischen Großsiedlungen, nichts Hektisches. Etwas wie Altersschwermut und Resignation liegt auf ihr, und gut kann ich verstehen, daß so mancher österreichische Autor, der das Museale Wiens ebensowenig verträgt wie die cleverness in Westdeutschland, sich Berlin zum Wohnort auserkor, nichtachtend der, wie mir scheint, weiter und auf lange hin prekären politischen Situation. Franz Tumler aus Linz wohnt dort. Ganz ausdrücklich nenne ich den Namen des Freundes und Kollegen, dessen gelassene »Sätze von der Donau« nicht vergessen werden sollen über so vielem, das gockelhaft sich produziert und als moderne Literatur sich empfiehlt. Ich habe in der Uhlandstraße ein Hotel alten Stils, ein Anti-Hilton sozusagen, mit großen Zimmern und maßhaltenden Fenstern, mit bequemen Fauteuils und arbeitsfreundlichen Schreibtischlampen, wo ich stets wieder mit Befriedigung absteige. Da ist nichts, was sich parvenühaft gebärdete, drum wohnt auch Elias Canetti dort, wenn er gerade in Berlin zu tun hat. Er ist geistig und physisch ganz Masse und Macht, der freundliche Schicksalsgefährte, der offenbar alles Vergangene besser gemeistert hat als ich. Seine lebensgläubige, dem Tode unwirsch feindliche, also ganz Anti-Thomas Mann'sche Stimmung ist unbedingt erfrischend. Vor dem Hintergrund des großartigen Gedankenbaus, den er errichtete, nimmt sich die Lebensverschworenheit, die unter anderen Umständen irritieren könnte, berechtigt aus. Selbander fahren wir dann zumeist vom Hotel ins gestern so supermoderne, heute bereits etwas schäbige Hanseatenviertel, teilzunehmen an den

Sitzungen der Akademie der Künste, wo stets unter der strengen Leitung des Germanisten Hans Mayer ganz fürchterlich ernsthaft gearbeitet wird. Schade. Gerne trüge ich Palmenfrack und Zierdegen wie die Mitglieder der Académie Française, gerne führte ich leerschnörkelige Konversationen mit den chers confrères. Aber nichts da! Man ist gehalten, die Beziehung zwischen Literatur und Medien zu diskutieren, über zu veranstaltende Ausstellungen, Zuwahlen – ach, es ist mühselig wie jede Arbeit, und gänzlich ermangelt man des harmlosen Vergnügens an leerer Repräsentanz. Doch wäre es verkehrt, wenn ich mich beklagte. Im Gegenteil. Es ist ja eine Ehre, dort mittun zu dürfen, wenn auch nur als außerordentliches Mitglied, woran ich fügen muß, daß mir die außerordentliche prächtiger erscheint als die nur ordentliche Mitgliedschaft, so wie mir immer schon und entgegen eigenem besserem Wissen der außerordentliche Professor als Mann von höherem Rang erschien als der ordentliche. Auch sind ja die Kollegen alle umgängliche, oft sogar herzliche Leute: der schmale Hans Bender, ein konstitutioneller Jüngling, der sicher noch als Greis etwas leutnanthaft Rankes haben wird, der niederdrückend gebildete, brillenblitzende, druckfertig formulierende Hans Mayer, der mysteriöse Johnson, dessen hintergründige Ironie einem stets neue Rätsel aufgibt, Günter Grass, vital und allerweilen engagiert an die gute Sache – es würde mich gelüsten, sie alle hier aufzuzählen, muß es mir aber versagen, um die Leser nicht zu ermüden. Die Akademie ist heute meine Berliner Luft, ja ist, um die Wahrheit zu sagen, die ganze Stadt für mich. Aber bin ich deswegen vielleicht zu Hause in den gastlichen Räumen, über die unentwegt fröhlich und ein wenig beängstigend aufgeräumt der Architekt Düttmann als Präsident herrscht? Mit ja zu antworten wäre glatte Unwahrheit. Ich erinnere mich einer Plenarsitzung im November 1973, knapp nach dem israelisch-arabischen Oktoberkrieg. Mit belegter Stimme brachte ich den Vorschlag ein, man solle den israelischen Schriftstellern, die in diesem Augenblick mit ihrem ganzen Volke sich schon in jener Isolierung befanden, die später immer hoffnungsloser werden sollte, eine Botschaft des Grußes und der Solidarität zugehen lassen. Ich heimste nur allseits betretenes Schweigen ein. Ein paar der Herren — Schriftsteller, Musiker, Architekten, bildende und darstellende Künstler — sahen sogar ausgesprochen unwirsch vor sich hin. Meine Proposition verpuffte. Ich war so vollkommen allein wie eben einen Monat zuvor, als auf der Buchmesse in Frankfurt keiner der Kollegen auch nur ein Sterbenswörtchen fallen ließ über den im Nahen Osten mit letzter Erbitterung geführten Krieg. Noch die geringfügigste und ephemerste Neuerscheinung war sichtlich den Damen und Herren, die ich auf so vielen Verleger-Parties traf, wichtiger als das Überleben des Volkes, von dem sie doch alle einst auf der Schule gelernt hatten, Gott habe es auserwählt. Ich glaube an keinerlei Auserwähltheit, an nichts, wovon in der Schrift die Rede ist. Aber ich hatte einst dieses Volkes Leiden mitgelitten und jetzt wünschte ich den ganzen Bücherrummel zum Orkus, begehrte nur zu wissen, von Stunde zu Stunde, wie es stand auf den Golan-Höhen und im Sinai.

Zu sagen ist, daß man sich gewöhnt an das Alleinsein. Man hat sich ein Leben lang darauf trainieren können, nirgendwo dazuzugehören. So nimmt man es ohne Bitterkeit zur Kenntnis. Was sollte auch die Herren der deutschen Szene es angehen, wenn drunten, fern in der Türkei oder in Palästina die Völker aufeinanderschlagen? Was geht es die Belgier an, in deren Mitte ich lebe? Was die Franzosen, die mir doch geistig so nahestehen, daß ich mir in vertieften Stunden einbilde, einer von ihnen zu sein?

Nein: ich nehme es den Deutschen nicht übel, daß ihre Sorgen nicht die meinen sind. Ich stelle es nur fest, ganz sachgetreu. Zwar trägt – objektiv und sichtbar aus zeitlicher Entfernung – ein jedes Volk an seiner Geschichte, dem einzelnen oder den einzelnen wird dies jedoch kaum bewußt. Die aus einzelnen sich formende Gruppe der Schriftsteller hat ihre Sorgen: Auflagen, Verträge, Rezensionen. Es betrifft sie nicht, weil es sie nicht *trifft*, wenn allenfalls ein kleines Unglücksvolk, das sich ohnehin nur in ganz geschichtswidriger Obstination erhalten hat, nunmehr untergeht. Daß es mich sehr wohl angreift, und dies bis ins Mark meiner individuellen Existenz, ist meine Sache; die gehört nicht hierher. Ich bin verpflichtet zu anständiger Zurückhaltung, wo eben ich gerade in Deutschland meine Sache abmache. In diesem Sinne also bin ich ein Einziger ohne Eigentum auf der deutschen Szene. Daß ich sie dennoch betrete, hat in der Tat etwas Zweideutiges, denn einerseits ist es mir, um es im heimatlichen Dialekt zu sagen, wurscht, was gerade Helmut Schmidt oder Franz Josef Strauß im Bundestag von sich geben und hierbei aufs betrüblichste jener polierten Eloquenz ermangeln, die mich bei Diskussionen zwischen Giscard d'Estaing und Mitterand ergötzen, andererseits aber sind die Verse oder Prosastellen, die mir vor dem Einschlafen einfallen, nun doch überwiegend deutsch. Mehr Rilke ist da als Verlaine, mehr Liliencron als de Musset, Trakl eher denn Rimbaud.

So bin ich denn nicht bloß ein Taschenspieler, wenn ich die deutschen Städte anfahre oder anfliege. Manch junger Germanist, der niemals noch den Namen Otto Ludwig gehört hat, zu schweigen von Ferdinand von Saar, könnte da an Deutschheit von mir was lernen. Ich glaube, die deutsche Kultur, die meine und die meiner Generation, ist nicht mehr präsent in der als Nation sich konstituierenden

Bundesrepublik. Ich treffe sie beispielsweise in Stuttgart nur ausnahmsweise und bei zwei ganz bestimmten Männern an und droben im Norden, in *Hamburg* gar nicht. Nicht einmal bin ich sicher, ob der brillante F. J. Raddatz, der dort, wie man mir erzählt hat, inmitten erlesener Kunstgegenstände haust, von Jakob Haringer gehört hat. Ich müßte einmal bei ihm nachfragen, wenn sich nur häufiger Gelegenheit böte, nach der Freien Hansestadt zu reisen. Leider komme ich selten hin. Ich kann also nicht wissen, ob bei den Hanseaten noch immer jene amüsante Anglomanie herrscht, von der Fontane so belustigend erzählte, und nach ihm Thomas Mann. Was ich weiß, ist gering, nämlich dies: daß ich mich stets auf eine schwer definierbare Weise von dieser Stadt angezogen fühle. Ich mag die Breite der Straßen, die Frische der Luft, das viele Grün. (»Bei uns«, sagte mir einmal ein Taxifahrer, »ist jeder Baum amtlich registriert!«) Die kühle Eleganz, mit der die Leute ihr S-t aussprechen, s-tapfen sagen und s-teigen und selbstvers-tändlich, wie James Tienappel aus dem »Zauberberg«, gefällt mir – vielleicht weil diese Hamburg'sche Zurückhaltung das genaue Gegenteil ist des falschen Charmes, der unwahrhaftigen Überschwenglichkeit, die ich in meiner österreichischen Heimat erfuhr. Hamburg ist gewissermaßen eine unglückliche Liebe – in jeder Hinsicht. Die Stadt ist eine ebenso spröde Schöne wie die dort redigierte angesehene Wochenschrift, mit der ich von Zeit zu Zeit korrespondiere, wie die Frau, die mir dort flüchtig, aber in erinnernswerter Weise begegnete. Es war eine höchst bemerkenswerte Person: Patrizierstochter, die sich bohémienisierte und mich in so abenteuerlich gesetzeswidriger Weise durch Sankt-Pauli fuhr, die roten Signale verachtend, daß mir der Atem stockte. Es ist schon ziemlich lange her; die Zeit – le temps meine ich, nicht die angesehene Wochenschrift – wird ihr zugesetzt haben wie

uns allen, und gewiß fährt sie heute vorsichtiger. Was das Lasterzentrum der Welt, St. Pauli angeht, so hat es mir nicht den geringsten Eindruck hinterlassen, hat mir günstigstenfalls Anlaß gegeben zur Überlegung, daß die Vulgarität der Feind nicht nur des Erotischen, sondern sogar der transgredierenden Obszönität ist. Was dort feilgeboten wird, ist roh und zugleich doof — ich sage ausdrücklich doof, wiewohl das Wort am äußersten Rande meines Vokabulars liegt. Es kann keine doofe Lust geben, drum ist St. Pauli lustlos und unlustig. Kulturhistorische Studien, zu denen die Zeit nicht aufgebracht werden konnte und die den Leser auch langweilen müßten, wären vonnöten, wollte man herausbekommen, warum gerade vielleicht die nobelste deutsche Stadt das doofste Vergnügungsviertel unter allen Weltmetropolen hat.
Ungern sage ich es, denn man könnte es mir als Ungerechtigkeit ankreiden: aber in allem, was das kommerzialisierte erotische Plaisir angeht, steht nicht nur Hamburg an traurig-vorderer Stelle der Gewöhnlichkeit. Etwas sowohl von deutscher Gründlichkeit als auch berserkerischem deutschen Fortschritts-Dynamismus wird überall spürbar. Es ist, als wollten es die Deutschen der Welt zeigen, daß sie auch ins Freudengeschäft besser einsteigen — Ja: einsteigen heißt, so dünkt mich, der kaufmännische Fachausdruck — als die anderen Völker. Aber die käufliche Liebe ist nicht die Autoindustrie und nicht das Management. Wer in dieser Branche des Guten zuviel bietet, vollzieht den berühmten qualitativen Sprung und offeriert das Miserabelste. Dies gilt in erster Linie für St. Pauli, aber auch für die Düsseldorfer Altstadt, für ein paar Straßen in der Nähe des Bahnhofs in Frankfurt, in Köln.
Köln — gleich bleibt mir das Wort im Munde stecken, begehrt zurückgenommen zu werden. Denn Köln, von dem ich zu Anfang dieses kleinen Erinnerungsbilderbuches

schon ein paar Blätter aufschlug, ist diejenige deutsche Stadt, in der ich am häufigsten Geschäfte habe, zu der ich also die intimste Beziehung unterhalte. Nicht daß ich mich mit besonderem Vergnügen dort erginge, die Museen besuchte, sight-seeing ist dort so wenig meine Sache wie in Paris oder Chicago. Auch Köln ist für mich Berufs- und Sprachstadt. Daß sie den großen Vorteil hat, meinem Brüsseler Wohnsitz so nahe zu liegen – zweieinhalb Stunden Bahnfahrt, zwei Stunden, wenn man stark auf den Gashebel tritt, über die neue belgische Autobahn, die direkt ins deutsche Straßennetz einmündet –, ist eine zusätzliche Annehmlichkeit. Man entschließt sich sehr schnell zur Reise, wenn beispielsweise ein Fräulein anruft, beste Grüße von Herrn Werner Höfer bestellt und einen in seinem Namen einlädt, am Frühschoppen teilzunehmen. Es läßt sich morgens um 8.16 Uhr an der Gare du Midi der TEE erreichen, man tut seine Frühschoppen-Arbeit ab so gut man kann und ist um vier Uhr nachmittags wieder im friedlichen Brüssel. Die Arbeit ist kurz – es kommen da auf jeden der um den hufeisenförmigen Tisch sitzenden Personen nur etwa acht Minuten Redezeit –, aber unter gewissen Umständen gewissen Folgen ausgesetzt. Der Herr und Gebieter dieser überaus populären Sendung, die ich niemals sah, denn snobistischerweise besitze ich kein entsprechendes Empfangsgerät, ist ein Mann von Format. Die leichte Korpulenz, zu der er neigt, wird aufgewogen, reichlich, durch eine unleugbare militärische Gewandtheit der Geste und durch beneidenswert wohlgeschnittene Anzüge. Sein Wort ist treffend, handle es sich um innerdeutsche Fragen oder um Weltpolitik, denn Werner Höfer ist informiert, wie es nur Journalisten großen Stils, die mit Ministern persönlichen Umgang haben, sein können. Ich stelle mir in meiner naiven Gedankenwelt vor, er müsse auch, um so umfassend orientiert zu sein, ständig Kulissengespräche führen, ohne daß ich mir ausmalen könnte, was das genau bedeutet. Dennoch, ich sehe ihn vor mir, wie er entschiedenen Schrittes durch die Requisitenkammer der Zeitgeschichte marschiert, die Hand ans Ohr legt, einen Großen dieser Erde am Kopf faßt, behend ein Wort aus der Luft fängt. Er ist ein Meisterjongleur des Wortes, und zwar nicht nur des eigenen, das er an straffen Zügeln hält, sondern des Wortes auch der Partner. Diese Wortbälle steigen und fallen, wie er es will. Wer selbst einen Wurf versucht, sieht mit erfreuter Verblüffung, wie der Künstler den Satz einfängt, dreht und in verwandelter Gestalt einem anderen zuspielt. Leicht wird man getroffen, ohne daß man parieren könnte. Dann wieder richtet er es ein, daß man, angeregt vom spannenden Spiel, aber bereits leicht betäubt, einen halben Satz in die Lüfte steigen läßt, in dem man sich selber kaum wieder erkennt. Der Spielleiter führt ihn dann vermittels seines eigenen knappen und allerweilen mit strikter Überzeugung vorgetragenen Wortes weiter. Ich kann versichern, daß es ein reines Vergnügen ist. Man riskiert allerdings, daß die eigene mangelnde Geistesgegenwart der Helle des eleganten Moderators nicht gewachsen ist. Dann kann es Stürme im Wasserglas geben. Aber warum es verschlüsselt sagen, was ja aufmerksame Zeitungsleser wissen? Von der Rechten, die so wenig recht ist, wie noch je in ihr ein Herz schlug, wurde in der trauten Stadt Köln der Staatsanwalt mobilisiert, welchselber, wie dies seines Amtes ist, gegen mich ermittelte. Gerne stelle ich dem höflichen wohlbewanderten Herrn v. B., dem die Aufgabe zuteil wurde, die Einvernahme durchzuführen, das freundlichste Zeugnis aus, dessen er aber ganz gewiß nicht bedarf, seine Vorgesetzten werden ihn auch ohne meine Dreinrede zu schätzen wissen. Welten trennen mich von Herrn v. B., der seine Mittagsruhe opferte, um

mit der leidigen Sache fertig zu werden, des Adelspartikels wegen und überhaupt. Um so höher ist die Kondeszendenz einzuschätzen, mit der er seines Amtes oblag.
Ansonsten habe ich mit den Ämtern in Köln nichts zu tun, es sei denn, man wolle die »Anstalten des öffentlichen Rechts«, wie die Funkanstalten sich umständlich nennen, als Ämter bezeichnen. Wo in den Äther hinausgesandt wird, ergeht es mir wohl. Treffliche Männer sitzen beim WDR am Wallrafplatz und draußen in Marienburg bei jener Anstalt, die mir heute die Möglichkeit gibt, über Wahres zu fabulieren. Gerne denke ich an Dr. O., dessen hüpfendes Bärtchen und aufwärts gerichtete schnuppernde Nase mir so recht sinnbildlich scheinen für die nervöse Weltbereitschaft des Berufsintellektuellen, der da zwar »auf dem Laufenden sein muß« und will, der aber über das Laufende hinaus den Zeitlauf oder die geistigen Zeitläufte in ihrer Totalität zu erfassen sich bemüht. Und wie angenehm läßt sich diskutieren mit Ulrich G., einem der belesensten Deutschen, die ich kenne, Thomas Mann-Kenner von hohen Graden und sozusagen konstitutionellem Anti-Nazi: er wehrte dem blutigen Unfug als junger Mensch und für einmal wahrer »innerer Emigrant« durch eine eingeborene Melancholie und ebenso eingeborenen Humor. Ich habe mich wahrhaftig nicht zu beklagen in Köln; auch der ernste Schriftsteller M. F. hat dort seinen Arbeits- und Weitwirkungsplatz. Ich habe oftmals, leider immer nicht oft genug, mit ihm zu tun und freue mich stets von neuem der ruhigen und, um es altmodisch zu sagen: sinnenden Einsichtigkeit und Humanität eines Mannes, der unter anderen Büchern auch ein dichterisch gehobenes Dokument über die »Kristallnacht« in einer kleinen deutschen Stadt schrieb.
Unweigerlich kommt man als Autor auch dann und wann in eben jene kleine Siedlungen, in der M. F. den Mordver-

läufen vom 9. November 1938 nachging. Manchmal sind es greuliche Industrieschau- und -Werkplätze, die alle irgend etwas von Zola, den englischen Midlands und Kansas City haben: man leidet fast physisch unter soviel stadtbildlicher und kreatürlich-physiognomischer Häßlichkeit. Ein andermal gelangt man in zierlich ehrwürdige kleine Städte, wie jene gleichsam aus einem alten Stich hervorgestiegene »Alte Hansestadt Lemgo«, von deren Bestehen und gar erst ihrer hansestädtlichen Würde die Mehrzahl der Deutschen selber nichts ahnt. In solchen Kleinstädten tue ich, empfangen stets von überraschend aufgeschlossenen jungen Bildungsbeamten, gehorsam meine Arbeit auf dem Podium, bin es zufrieden, wenn so rund hundert Beflissene sich einfinden, muß anstandshalber in der Diskussion auf die albernsten Fragen über Rechts und Links, Sozialismus und Liberalismus Auskunft erteilen.

Dies ist meine *deutsche Szene*: ich sage ausdrücklich *meine*, denn schließlich sind die persönlichen Erfahrungen, die hier niedergelegt wurden, nicht reichhaltig genug, als daß sich aus ihnen verbindliche Schlüsse ziehen ließen. Ich betrete sie gerne, diese Bühne, auf der es geistig so agil zugeht. Und ebenso gerne verlasse ich sie nach kurzem Auftritt wieder. Es ist, alles in allem, dieses Deutschland für unsereins ein doch recht fremdes Land. Man ist daheim im deutschen Wort, man ist unter seinesgleichen mit ganz bestimmten deutschen Menschen. Es ist gleichwohl nicht der Boden, auf dem ich mir ein Haus würde bauen wollen.

Manfred Franke

VORARLBERG UND ETWAS MEHR

1 »Er gehört einer miserablen, ... einer verlorenen Generation an. Jahrgang 1912. Bei Ausbruch des Nazismus noch viel zu jung, als daß er auch nur zu bescheidenem Ansehen hätte gelangt sein können, war er, als der Alptraum sich verzog und er aus dem Stupor erwachte, schon nicht mehr im Alter eines Debütanten.« So stellte sich Jean Améry 1968 in einer Beschreibung seiner Flucht nach Belgien vor.
Damals hatte ich Améry eingeladen, im Deutschlandfunk eine dem Thema Emigration gewidmete Sendereihe zu eröffnen. Darin wurden die Wege Brechts, Albert Einsteins, Freuds, Heinrich Manns, Schönbergs und anderer Verfemter aus Deutschland und Österreich geschildert. Améry hatte Skrupel, in Gesellschaft dieser »Großen und Berühmten«, wie er sie nannte, aufzutreten. Dürfte er, »allerjüngster Juniorpartner im großen Geschäft des Geistes deutscher Zunge«, von sich als einem »Gefährten« jener sprechen? – Natürlich sind Sie ein Gefährte. Wer, wenn nicht Sie, könnte als Überlebender den Weg in die Fremde authentischer schildern? Erzählen, präzisierte ich.

2 Was die Methode betrifft: – auf das Erzählen kam es mir an. Die Authentizität sollte auch anschaulich werden. Diesmal weniger Reflexion, dafür die Umstände der Flucht, deren Mechanismus und Alltäglichkeit. Améry ging darauf ein: »Die Erinnerungen werden fluid; es ist

gut, sie ... zu ordnen, zu gliedern, aus der reinen Dauer, der Bergson'schen durée pure, wieder chronologisch aufgreifbare Zeit zu machen – Zeit und Epoche.«
Andeutungsweise kommt hier zweierlei zum Ausdruck: Der zum Flüchtling wird, ist übergreifenden politischen Einwirkungen unterworfen. Um diese Betroffenheit nicht nur intellektuell einsehbar, sondern auch emotionell nachvollziehbar zu machen, werden unscheinbare, rein private, zufällige Erfahrungen wichtig. Erst wer sie in den historisch gewordenen Zusammenhang stellt, kann deutliche Vorstellungen vom konkreten Leben in der Epoche vermitteln. Die dazu taugliche Verfahrensweise ist das Erzählen, das eine subjektive Ordnung herstellt, sich zugleich aber an das einfachste objektive Prinzip hält: an die Chronologie.
Améry, damals mit deutlicher Skepsis: »Gut oder schlecht denn –: in einem Fragment soll sie erzählt werden.« Sie: die 1938 unternommene Flucht von Wien über Köln und Kalterherberg nach Antwerpen, die er als »Anti-Success-Story« gegenüber der Emigration der Großen und Berühmten ansah. 1968 war bereits *Jenseits von Schuld und Sühne* erschienen; *Über das Altern – Revolte und Resignation* lag eben vor; *Unmeisterliche Wanderjahre* folgte 1971. Zusammen genommen ergeben »sie vielleicht so etwas wie einen essayistisch-autobiographischen Roman.«

3 »Auch Améry erzählt ja eine Geschichte, die seine. Allerdings kommt in seinem Text ... das Erzählen des Persönlich-Privaten ... fast gar nicht vor ... Erstens geht Améry entschlossen auf die Darstellung seiner Lebensgeschichte als Geistesgeschichte aus ... (Ihn) interessiert sein Leben ausschließlich als Abfolge der verschiedenen Einstellungen seines Geistes zu den Situationen, in die ihn die Geschichte wirft. Zweitens aber ist das zentrale

persönliche Thema ... von solcher Art, daß es alle anderen persönlichen Erlebnisse des Helden ... zu absoluter Nichtigkeit verurteilt.« So Alfred Andersch 1971 in seinem Essay *Anzeige einer Rückkehr des Geistes als Person.* Andersch hebt dann hervor: »Améry nennt sein Vorarlberg nicht einmal beim Namen.«

Das ist nicht ganz richtig. Améry, dessen Familie aus Hohenems zwischen Feldkirch und Bregenz stammt, nennt diese Orte in *Jenseits von Schuld und Sühne.* Aber er maß dem, was konventionellerweise als Heimat gilt, eine neue Bedeutung zu: »Man muß Heimat haben, um sie nicht nötig zu haben, so wie man im Denken das Feld formaler Logik besitzen muß, um darüber hinauszuschreiten in fruchtbarere Gebiete des Geistes.«

In dieser Ausschließlichkeit gilt, was Andersch sagte, seit 1975 nicht mehr. In *Örtlichkeiten* gibt es weit mehr als nur Vorarlberg; z. B. die Erinnerung an bestimmte Schlager, die der Autor beim Lesen seiner Texte gleich intonierte. (Wie herzerfrischend falsch, oder besser: unkenntlich für den, dem die jeweilige Melodie nicht ganz vertraut ist, konnte Améry intonieren!) Das war nicht nur in Kauf zu nehmen, das war Absicht. Auch hier Authentizität. Das Persönlich-Private war jetzt das Thema.

Nach der erwähnten Flucht-Erzählung von 1968 schrieb Jean Améry sechs Jahre lang für meine Redaktion Beiträge über wissenschaftliche Themen. 1974, bei einem Besuch in Köln, fragte ich ihn, ob er sich anhand der Orte, die für sein Leben bestimmend geworden sind, zu einer größeren autobiographischen Arbeit entschließen könne.

4 Im nachhinein fällt mir eins auf, was für den Entschluß des Autors, sich auf *Örtlichkeiten* einzulassen, wichtig zu sein scheint. Am 8. 3. 74 schrieb mir Améry aus Brüssel: »Von meiner Frau haben Sie ja erfahren, daß eine höchst

ungebärdige Physis mir zu schaffen machte und ich darum ... unsere Termine nicht einhalten konnte.« Einige Wochen vorher hatten wir verabredet, die Vortragsreihe *An der Schwelle des Rätsels* in Köln aufzunehmen. Einen Tag vor dem festgesetzten Datum rief Maria Améry an und verständigte mich davon, Jean könne aus gesundheitlichen Gründen nicht verreisen, er liege im Hospital. Was ich nach dem Telephonat als bloße physische Störung ansah, die jedem widerfahren kann, muß ich heute anders bewerten. In den topographischen Kategorien der *Örtlichkeiten* ausgedrückt: Salzburg 1978 hatte sich angekündigt, jene »Nachricht ... quer übern Tisch« (Heißenbüttel).
Améry suchte im März 1974 »für einige Zeit im Grünen oder Noch-Nicht-Grünen Erholung«, damit »der Arbeitsalltag wieder seinen Lauf nehmen« konnte. Aber jeder der noch folgenden Arbeitstage war von einem Entschluß geprägt, der – auf seine Weise – auch im letzten Exposé nachweisbar ist: »Der Protagonist Vanderleyden ... hat niemals aufgehört von seiner vor langer Zeit jungverstorbenen Frau Litta zu träumen ... sie steht vor ihm und schärft ihm ein, er müsse zu einem Rendezvous kommen; manchmal hat der Traum überhaupt keinen deutlichen Inhalt, der Erwachte weiß nur, daß Litta dringend nach ihm verlangt.«
Litta: »... ihm zulachend und mit dem Zeigefinger heranlockend ...« – Beides ist hier dokumentiert: der Weg in die Freiheit und die »Rückkehr zu den Anfängen«.

5 »Rückkehr zu den Anfängen« – das ist schon ein Zitat aus dem Exposé zu den hier zum ersten Mal vollständig gedruckten *Örtlichkeiten*. Améry ist auf meinen Vorschlag ebenso spontan wie ihn gründlich erwägend und vorbereitend eingegangen. Nach Krankenhausaufenthalt und Erholung bestätigte er am 30. 5. 74, sich über das Projekt,

dessen »Struktur Orte und Räume sind ... Gedanken (zu) machen«. Am 4. 8. kam das 10 Seiten umfassende Exposé. Im Begleitbrief hieß es: »Ich glaube, daß ich das Problem, nicht wiederum allzu autobiographisch zu werden, einigermaßen ... in der Ausarbeitung meistern werde. Ich habe die Örtlichkeiten und deren Atmosphäre, sowie die zeitgeschichtlichen Ereignisse ganz in den Vordergrund geschoben und das Subjektive einbehalten – soweit dies möglich ist.« Er weist darauf hin, daß so »ein nicht uninteressantes Dokument entstehen« könnte; und weiter: »gerade weil dies von einem Autor niedergelegt wird, der Außenseiter war und dies ganz bewußt blieb.«
Zum Außenseiter ist Améry von den Nazis gemacht worden. Sichtbares Zeichen dafür war die ihm eintätowierte Häftlingsnummer. Sie stand zwischen ihm und uns anderen. Er wollte und konnte davon nie absehen und blieb, was diesen Teil seiner Erfahrung angeht, radikal subjektiv: »... ich glaube, daß weder Henker noch Opfer dem Phänomen des Nationalsozialismus mit dem entgegentreten können, was man so geschichtliche Objektivität nennt.... Ich als Betroffener kann ... nur mit moralischer Wertung, Abwertung in diesem Fall, mehr als Abwertung, mit Verfluchung reagieren ... Das, was ich schreibe, kann nicht Geschichtsschreibung sein, sondern ein Stück geschichtlicher Zeugenschaft, mehr will es auch nicht sein.« Das sagte Améry in einem Interview, das ich am Rande der berühmt gewordenen Tagung der Theodor-Heuß-Akademie in Gummersbach im Januar 1978 mit ihm aufnahm.

6 Wie nun, auch in *Örtlichkeiten*, geschichtliche Zeugenschaft einbringen bei dem gleichzeitigen Vorsatz: »hier (soll) die Person (des Autors) zurücktreten: Örtlichkeiten ... und, von diesen auslaufend, *zeitgeschichtliche Ereignisse* sollen im Vordergrund stehen« (Exposé)?

Der Autor war gleich zu Anfang seiner vorbereitenden Überlegungen an einen kritischen Punkt gelangt: »Da ... viele, die meisten meiner Texte autobiographischen Charakter haben«, seien Dubletten von vornherein auszuschließen: »Jegliche Kollision mit meinen früheren Büchern wird unbedingt zu vermeiden sein.« Am Beispiel des Wien-Abschnittes exemplifizierte er, was er plante. Im Mittelpunkt hätten die Ereignisse vom Februar 1934 zu stehen: »der Anbruch des österreichischen Dollfuß-Schuschnigg-Faschismus, die blutige Unterdrückung des zur Rettung der demokratischen Verfassung unternommenen Arbeiteraufstandes, dazu den Welthintergrund der allgemeinen faschistischen Drohung, mit dem ein in seinem Machtgefüge und seinem Wertsystem erschüttertes Bürgertum um den Preis seiner eigenen geistigen Existenzgrundlage (der von der Französischen Revolution ererbten bürgerlichen Liberalität) seine Privilegien zu erhalten trachtete.«
Nun bestand die Gefahr, das autobiographische Prinzip fast gänzlich zu unterlaufen zugunsten der »zeitgeschichtliche(n) Reflexion ... nach dem Schema essayistischer Zeitkritik«. Dem begegnete Améry mit dem Hinweis: »Die Realität der Örtlichkeit und deren menschlicher Atmosphäre soll bestimmend bleiben. Also: ... nicht um gelehrt-soziologische Kritik am Faschismus und den Todeskampf der Demokratie wird es sich handeln, vielmehr um das reale Wien dieser Zeit mit seinen Arbeiterwohnblocks, seinen schon verfallenden bürgerlichen Nobel-Cafés, der Melancholie der Hofburg, seinen jüdischen Intellektuellen und seinen den Katholizismus bereits nazistisch anbräunenden Kleinbürgern, seinen Bettlern, seinen Arbeitslosen, deren prinzipiell revolutionäre Gestimmtheit geschickt von den sich revolutionär gebärdenden illegalen Nazis aufgefangen wurde.«

Trotzdem war die ursprünglich verabredete Methode kaum einzuhalten. Améry war sich dessen bewußt: »Sagte ich, daß die Person des Verfassers zurückzutreten habe hinter der optischen Realität der Örtlichkeit einerseits, den zeitgeschichtlichen Verläufen andererseits, so meinte ich doch damit nicht, daß sie ganz verschwinden solle; als ein die Welt spiegelndes und in sich verwandelndes Subjekt wird sie immer anwesend sein, auch dort, wo sie sich nicht direkt zu erkennen gibt.« Mehr Zugeständnisse sollten nicht gemacht werden.

Am Schluß des Exposés bekräftigte Améry: »Bei allen ... Wanderungen wird ... die Person des Autors nur als Vermittler präsent sein, im Vordergrund stehen die Örtlichkeiten und die in ihnen abrollenden Verläufe.« Das liest sich endgültig. Ich würde es zu respektieren haben.

Als dann das Manuskript eintraf, sah ich, daß Améry in der Ankündigung weniger versprochen hatte, als er in der Ausarbeitung hielt. Bei der Beschreibung des Mit'n Kopf z'samm, mit'n Arsch z'samm-Totentanzes in Bad Ischl war der Autor mehr als nur der Vermittler bestimmter Abläufe. Und in dem darauf folgenden Wien-Abschnitt wird er zum Akteur: fasziniert von der österreichischen Metropole als einer der »Weltstädte des Geistes«, führte Améry zunächst ein freies Intellektuellenleben und veröffentlichte seine ersten Texte. Als am 15. Juli 1927 der Justizpalast in Flammen aufging und die sozialdemokratische Arbeiterschaft der faschistischen Heimwehr gegenüberstand, gehörte der junge Schriftsteller noch zu denen, die in Caféhäusern abstrakte Debatten »im wirklichkeitsleeren Raum« führten. 1934 aber, als Dollfuß das Parlament ausschaltete und es darauf zum Generalstreik kam, brach Améry aus seiner bis dahin »geschlossene(n) geistig-erotische(n) Welt« aus. Wenn auch nur als anonymer Waffenschmuggler, er ergriff Partei: gegen die antiparlamentarische Gewalt und für Sozialismus, Demokratie und Humanismus. Aus dem unverbindlich dahinanalysierenden Jung-Autor war jemand geworden, der die Politik bewußt in das Koordinatensystem seines Urteilens und Denkens aufnahm. – Ich halte diese Episode für eine Schlüsselstelle des vorliegenden Textes.

7 *Örtlichkeiten* – also doch reine Autobiographie? Kaum. Eher handelt es sich um eine Annäherung an einen Leidensweg, Annäherung aus einem einfachen Grund: nach über 30 Jahren z. B. das ehemalige Lager Gurs wiederzufinden stellt sich für einen »Autotouristen« als unmöglich dar, und zwar nicht allein deshalb, weil das Lager längst abgeräumt, weil darüber »wirklich Gras gewachsen« ist. Der zeitliche Abstand ist so groß, daß auch an Ort und Stelle, umgeben von der ehemals vertrauten Landschaft, ein »Gefühl vollkommener Fremdheit« entsteht. Klare und deutliche Erinnerung? »Nichts ist täuschender als Erinnerung ... Sie will nur einzelne Lebenskristalle hergeben.« Die äußeren Spuren sind alle erloschen.

8 »Jeder hat sein Paris. Und dieses gehört ihm. Mit ihm wird es vergehen – für immer.« Es sei denn, einer überliefert, was das Seine war.
Dazu gehören nicht nur die großen Ereignisse, sondern besonders unscheinbare Abläufe, die die Zeitgeschichte dem Flüchtling aufzwang. In Köln z. B. wurde das Bahnhofsviertel wichtig. Straßen, Häuser und eine bestimmte Übernachtungsstätte hängen aufs engste mit der Emigration zusammen. Die Erinnerung drohte aber auch hier zu täuschen. So schickte ich einige alte Bildbände nach Brüssel und bot eine ‚Inaugenscheinnahme' an. Améry sagte zu. Am 20. Januar 1975 holte ich ihn im Senats-Hotel ab.
Es war ein kalter Tag. Améry mochte nicht zu Fuß gehen.

Er hatte es, im Gegensatz zu mir, überhaupt nicht mit solchen physischen Wanderungen. Aber wir wollen uns doch die Bahnhofsgegend ansehen, wandte ich ein. Er ließ sich überreden, und so gingen wir, in unsere Mäntel eingemummt, Améry eine brennende Zigarette in der Hand, zum Roncalli-Platz. Vor dem Dom — »langsames Baugeschehen« — schlug ich vor, die Strecke dadurch abzukürzen, daß wir den »Nicht-St.-Stefan« durchqueren sollten. Améry blieb stehen, sah mich kurz an, warf die Zigarette auf den Boden und meinte, Hindurchgehen könne wohl nicht schaden.

Nach dem Dom in den Hauptbahnhof. Améry fielen alte und neue Gebäudeteile auf. Mich aufmerksam machend, erinnerte er sich an den Wartesaal. Auf dem Breslauer Platz angekommen, gingen wir zur Johannisstraße — und dann führte Améry mich. Am Anfang der Jacordenstraße sahen wir ein Hotel. Das sei es nicht gewesen: er wisse das ganz genau. Ein Stück weiter. Umkehr. Wir betraten das Hotel. Dort die Auskunft über die »Pension Schmitz«: sie bestehe nicht mehr und sei da gewesen, wo jetzt der Rewe stehe. Schmitz — den Namen bestätigte der Spurensucher sofort und dankte für die Auskunft. Wir gingen zu Rewe-Schmitz. Vor dem Neubau Ratlosigkeit. Aber gegenüber ein erhalten gebliebenes Haus. Schweigend betrachtete Améry die Fassade.

Zur Brüsseler Straße fuhren wir dann doch mit dem Taxi. Darauf bestand er. Die Nr. 96 hatte die Bombennächte überstanden. Améry erkannte das auf den ersten Blick. Er ging zur Haustür, las die Namen neben den Klingelknöpfen. Wenn er jetzt den Namen Schmengler fände, ob er dann hinaufginge? Zu der »fehlerhaften kleinen Germania«? Und was geschähe dann? Käme ein Gespräch zustande? Würden Erinnerungen, Erfahrungen ausgetauscht? Das blieb meine Spekulation. Kein Namensschild für die

Schmenglers. Eine Gedenktafel schon gar nicht. Hatten sie sich selbst rechtzeitig in Sicherheit bringen können? Oder hatte sie schließlich ihr »tragischer Geburtsfehler« doch eingeholt? Auch die Unterlagen in der Germania Judaica, um die ich mich später bemühte, lösten das Rätsel nicht. Die Schmenglers, der »Nicht-Eisenbart-Vater« und die »kleine Germania«-Tochter blieben verschollen. Ebenso die ominöse Loge.

9 Welchen Prozeß die Kölner Ortsbesichtigung in Gang setzte, was da plötzlich in Améry aufgestiegen ist, macht ein kurzer Vergleich deutlich. Im Exposé heißt es nüchtern, mit einer gewissen Abschätzigkeit: »Kontakt mit berufsmäßigen Menschenschmugglern«. Dagegen werden sie im Köln/Antwerpen-Kapitel ironisch, fast liebevoll geschildert. Der Anblick des Hauses, in dem Améry seinen Fluchtweg erfuhr, konkretisierte die Erinnerung. Die Helfer treten nicht nur in einer von ihnen erfüllten Funktion auf – Vater und Tochter Schmengler werden, wenn auch nur umrißhaft, als Personen sichtbar.

10 Jean Améry hat *Örtlichkeiten* nicht ohne Beziehung zu den Jahren 1974/75 geschrieben. Meinen Hinweis auf den 30. Jahrestag des Kriegsendes griff er auf: »der ... könnte uns Anlaß geben, mit der Nachkriegsepoche einzusetzen und von dieser aus dann zurückzuschreiten in die Vergangenheit«. In eine Vergangenheit, die notwendigerweise in die Gegenwart mündet. Den Schlußteil von »etwa 1965 bis zur unmittelbaren Gegenwart« sah er vor einem politischen Hintergrund: »die neue Linke, die große Masse der Unpolitischen, die Methodiker der Restauration«. Zentral war ihm die Frage: »wie repräsentativ sind die Intellektuellen, die in diesen Tagen mehrheitlich links stehen, für die Bundesrepublik?« Améry nennt dann einige Namen. Absolut wichtig ist einer: Helmut Heißenbüttel.

11 Neben persönlicher Sympathie dürfte für Améry vor allem eins wichtig gewesen sein: Heißenbüttel gehörte der mittleren Generation an, war Kriegsteilnehmer, hatte sich aber nicht vom Aufbauboom der Nachkriegszeit in der Bundesrepublik korrumpieren lassen. Restauration, Opportunismus und bequemes Vergessen sind ihm fremd. Deshalb ging er gleich auf Amérys Plan ein, der »das täglich unabweislicher(e) Bedürfnis (verspürte), (sich) auseinanderzusetzen mit dem Komplex Auschwitz«, aus dem dann *Jenseits von Schuld und Sühne* hervorging.
Bei der Schilderung der ersten Begegnung mit Heißenbüttel 1964 in Brüssel durchbricht Améry plötzlich die ihm »nachgerade blöde« erscheinende »Anonymitätsmaske«: unverstellte Autobiographie. Die Zeit, von der er spricht, und die Erfahrungen im Konzentrationslager sind so nahe Vergangenheit, daß er »wirklich ich« ist: »Ich war es, der von Auschwitz reden wollte, in deutscher Sprache ...« Heißenbüttel kommt das Verdienst zu, daß Amérys Zeugnisse vorliegen.

12 Ist es nur der Sache wegen, daß Améry »ich« sagt? Daß aus dem »Fremden«, dem »Autotouristen«, oder wie immer die Masken lauten mögen, Jean Améry wird? Nach Heißenbüttels Brüsseler Vortrag wurde diskutiert. Ein Zuhörer fragte, »was das (Heißenbüttels Texte) denn eigentlich heißen solle«. Darauf Heißenbüttel: »Es könne sich da vielleicht um den Tod handeln«.
In diesem Moment merkte Améry auf: »wo einer es mit dem Tode hatte, dort gehörte er dazu.«
Er, dessen Heißenbüttel im Oktober 1978 gedenkt:
der Suizidant ist ein Mensch er sagt übrigens auch lebwohl er sagt es war vieles sehr schön

Jean Améry

Jenseits von Schuld und Sühne
Bewältigungsversuche eines Überwältigten

Mit einem Vorwort des Autors zur Neuausgabe
156 Seiten. Leinen.
ISBN 3-12-900790-3

Über das Altern
Revolte und Resignation

5. Auflage. 135 Seiten. Leinen.
ISBN 3-12-900121-2

Unmeisterliche Wanderjahre

147 Seiten. Leinen.
ISBN 3-12-900290-1

Widersprüche

263 Seiten. Kartoniert
ISBN 3-12-900280-4

Lefeu oder Der Abbruch
Roman-Essay

194 Seiten. Leinen.
ISBN 3-12-900170-0

Hand an sich legen
Diskurs über den Freitod

6. Auflage. 155 Seiten. Leinen.
ISBN 3-12-900161-1

Charles Bovary, Landarzt
Porträt eines einfachen Mannes

2. Auflage. 162 Seiten. Leinen.
ISBN 3-12-900131-X

»Hermannstraße 14«
Halbjahrsschrift für Literatur
Sonderheft Jean Améry

64 Seiten. Broschiert.
ISBN 3-12-909421-0

Klett-Cotta

Werfel Barbara od. d. Frömmigkeit
(15)